AF290502

Torsten Körner

Aus dem Fenster

Ein Friedenauer Saisontagebuch

Regenbrecht Verlag

Bibliografische Information der Deutschen Bibliothek
Die Deutsche Bibliothek verzeichnet diese Publikation
in der Deutschen Nationalbibliografie; detaillierte
bibliografische Daten sind im Internet über
http://dnb.ddb.de abrufbar.

Herstellung: BoD – Books on Demand, Norderstedt

© Regenbrecht Verlag, Berlin 2018
Alle Rechte vorbehalten
www.regenbrecht-verlag.de

Erstauflage des Taschenbuchs 2018
(1. Aufl. Elektrischer Verlag 2015)

ISBN: 978-3-943889-88-8

Vorwort

»Was machst du gerade?« fragte mich Facebook. Ich wusste es nicht. Das war 2010, ich war gerade einige Wochen bei dem sozialen Netzwerk angemeldet. Sollte ich das, was ich wirklich tat – mein Stillsitzen, mein Am-Stuhl-Kleben – in das dafür vorgesehene Fenster schreiben? Wen interessierte es, dass ich die meiste Zeit des Tages am Schreibtisch saß, auf meinen Bildschirm starrte und ab und an ein paar Tasten drückte? Andere Facebook-Freunde hatten da weniger Hemmungen, sie litten auch nicht unter Erlebnis- und Bewegungsmangel. Sie unternahmen offenbar phantastische Reisen (»Ich sitze gerade bei Starbucks am Times Square!«), sie buken phantastische Kuchen (»Esse gerade ein Stück köstliche vegane Schwarzwälder-Kirsch-Torte, selbstgemacht!«), sie streichelten phantastische Katzen (»Seht mal wie süß Felix sich räkelt!«), sie liefen Marathon (»Laufe gerade den Paris-Marathon!«), sie schüttelten berühmten Leuten die Hände (»Thomas Gottschalks Hand fühlt sich verdammt gut an!«) oder sie tranken edle Weine (»Das war der beste Rioja meines Lebens!«). Alle erlebten etwas, ich offenbar nicht. Das einzige Abenteuer des Tages war ein Blick auf die Straße, die etwas behäbige, mitunter muntere, recht kurze, letztlich aber doch sehr liebenswürdige, weil kaum großmäulige Stierstraße in Friedenau.

Vielleicht, dachte ich, kann ich aus der Not – meinem Immobilismus – eine Tugend machen? Vielleicht könnte ich einfach jeden Tag beschreiben, was ich sehe, wenn ich auf meine Straße schaue? Ich fing an, meine Beobachtungen zu notieren und ohne zu zögern meinem Facebook-Fenster anzuvertrauen. So entstand – ziemlich genau ein Jahr lang – ein Fenstertagebuch, das mal nüchtern beobachtend daherkam, manchmal dialogisch verfuhr, wenn ich anfing, mit meinem Fenster zu reden, mitunter analytisch agierte, wenn ich meinen Standort reflektierte, oder lyrisch, wenn ich mich von meinen Stimmungen mitreißen ließ. Ich fürchte, dass ich in diesem Jahr eine berüchtigte Figur in meiner Straße geworden bin, der komische Typ, der Tag und Nacht am Fenster hing und den Leuten hinterherglotzte. Hat der kein Leben? Hat der einen Unterleib? Muss der nicht arbeiten? So entstanden die vorliegenden Miniaturen, deren Länge durch Facebook vorgegeben war, denn damals – ob es heute noch so ist, weiß ich nicht – konnte man in die Rubrik »Statusmeldung« nur etwa 450 Zeichen schreiben. Vielleicht waren es auch nur 432 Zeichen, das weiß ich nicht mehr. Mein putziges Unterfangen sensibilisierte meine Wahrnehmung: Sobald man so ein Feld füllen, eine Verabredung einhalten muss, ist man auf Beute aus, schaut genauer hin, merkt sich Dinge, verknüpft Beobachtungen, sammelt Mikrodramen. Es entstand ein Porträt meiner Straße, aber auch meines Blicks, jemand anderes hätte vermutlich andere Dinge beobachtet. Es treten zumeist leibhaftige Menschen auf, die Bewohner dieser Straße, aber auch ihre Gäste und ein paar Geister aus anderen Tagen.

Nach einem Jahr schloss ich mein Fenster. Ausgespielt. Seither sind bald fünf Jahre vergangen. Die Straße wandelt sich. Der Sturm hat einen Rotdornbaum umgeworfen, ein anderer fiel durch einen unachtsamen Baggerfahrer. Mietwohnungen werden in Eigentumswohnungen umgewandelt, einkommensstärkere Schichten halten Einzug. Der Walnussbaum wurde abgeholzt, weil der Käufer der Erdgeschosswohnung gegenüber mehr Licht wollte. Die Gemeinde hat einen neuen Pfarrer.

Bei Facebook bin ich nicht mehr, aber in der Stierstraße lebe ich noch. Sie ist ein Teil von mir, ich bin ein Stück in ihr. Und ja, ich denke, dass jede Straße ein Theater ist und wir jederzeit spielen. Nicht nur für uns, sondern immer auch für die anderen und die Fenster in uns, die Fenster um uns, die Fenster aus uns heraus und die Fenster mit den tausend Augen.

Aus dem Fenster

Dienstag, 27. April um 08:37 Uhr
Ich sehe aus dem Fenster. Schade, dass ich meine Arme nicht auf ein Kissen ablegen kann, dann würde ich einem jener legendären Straßenhüter gleichen, die früher im weißen Feinripp (männlich) oder mit Lockenwicklern (weiblich) aus ihren Wohnungen hingen. Würde man die Beobachtungen dieser Alltagswächter einsammeln, gäbe das ein tolles Buch, nur müsste man immerzu mit einer langen Leiter unterwegs sein.

Mittwoch, 28. April um 20:23 Uhr
Ich schaue mal wieder aus dem Fenster. Abendsonne abgetaucht. Ein dunkelgrünes mobiles Dixi-Klo steht plötzlich da, unheilverkündend. Mein Was-wird-morgen-sein-Ohr hört dröhnende Bauarbeiter. Sonst rührt sich nichts. Man sollte Straßenbelebungsstatisten anmieten und losschicken. Leben spielen. Kann mal jemand die Straße bespielen? So weit das Auge reicht Autos im Ruhe-Stand. Nichts.

Samstag, 1. Mai um 09:30 Uhr
»Du siehst einfach durch mich hindurch!«, sagt mein Fenster. »Du hast nichts übrig für Dinge, Dingblinder.

Immer nur Menschen, immer nur du. Wer sein Fenster nicht kennt, trägt ein leeres Gesicht. Sieh mich an, dein Fenster! Du Durchblicker, Möchtegernbeobachter. Fensterblind, lebensblind, straßenblind. Fenster schlafen nicht, Schlafmütze!« Es lächelt.

Montag, 3. Mai um 09:32 Uhr
Ich schaue aus dem Fenster. Montagsfrische Bäume. Flieder blüht, Regen. Auftritt Herr Bert. Lyriker, 80 Jahre alt, mit dreirädriger Gehhilfe. Bedeutender Surrealist. Wohnt im EG gegenüber. Allein. Abends oft im Sessel, zwischen den Büchern seines Lebens. Will noch ein Buch schreiben. Miniaturen. Auch über Beckett, den er kannte. Dicke Tropfen fallen auf den Dichter. Schnäuzt sich, schiebt ab.

20:40 Uhr
Mein Fenster schaut in mich und sieht sich. Und einen schrundig-schroffen Montag. Da liegt leberlinks eine Tagung, zwerchfellnah ein schwerer Anruf, die Herzkammer unterspült von Wochenanfangsnot. Ein Immer-zu-spät hockt auf der dritten Rippe. Mein Fenster wendet sich ab, schaut wieder auf die Straße.

Dienstag, 4. Mai um 15:57 Uhr
Ich schaue aus dem Fenster. Akkordeonspieler schaut hoffend nach oben. Zauselige Klänge. Statt Geld fällt Regen. Akkordeon und Rasenmäher im Wettstreit. Kinderabholstunde, Katzenschleichstunde. Die schwarze mit dem roten Halsband. Unter Autos ge-

duckt. Der Pfarrer wie immer im gehetzten Schritt. Und jetzt rumpelt noch der Wagen des Bestatters vorbei mit kältester Fracht. Warte nur!

Mittwoch, 5. Mai um 08:59 Uhr
Aus dem Fenster schauen. Kinder bringen ihre Erzeuger in den Elterngarten, Briefe verschicken Postboten, Autos parken ihre Fahrer, Mäuse hetzen Katzen, der Wurm verreist ins Vogelinnere, Lyrik-Knöllchen erfreuen Falschparker, der Besen fegt Hartz-IV, Sonne zeigt sich schutzlos, dennoch bleibt es kühl.

Donnerstag, 6. Mai um 09:32 Uhr
Aus dem Fenster. Liegt so ein Heute-geht-mir-was-durch-die-Lappen-Gefühl in der Luft. Der Wind schiebt die Tür des Dixi-Klos auf und zu, Sicherheitsgurte quengeln, Scheibenwischer schmieren. Kommissar Haferkamp biegt auferstanden um die Ecke, mit Frikadelle, Bier und Trench und sagt: »Is gar nich' schlimm, eine Wiederholung zu sein!«

Freitag, 7. Mai um 09:35 Uhr
Aus'm Fensta. Orange macht Putz, Tonnen wummern, ich fühl meine Restlaufzeit, jeder Mensch ein Mängelexemplar, jedweder Gefährdung bin ich heute geneigt, hinterm BSR-Laster parkt jetzt der weiße »Frischdienst-Express Food ist unser Business«. Meinen Weg pflastern Leichen. Spatzen, meine Helden des Diminutiv. Kalt. Gedrosselte Erwartungen, Heizung an.

Samstag, 8. Mai um 21:18 Uhr
Die Fenster rundum fangen an zu glimmen. Leise summende Frauen fliegen vorbei, Rathaus schwingt den Schlegel, Wolken schieben sich zum feuchten Rendezvous zusammen, Abendstille in den Seitenstraßen, an der Ecke küssen zwei sich unter bleichem Licht. Wer jetzt schlafen geht, trägt tausend Träume. Auf zur Nacht!

Montag, 10. Mai um 07:22 Uhr
Aus dem Fenster blicke ich auf das Haus, in dem ich früher wohnte. Dort lebten drei Frauen, die seit vielen Jahren ihre Wohnungen nicht mehr verließen. Die jüngste litt an Elefantiasis, die zweite an Agoraphobie und die dritte hatte einen Mann. Die beiden ersten sind tot, die dritte geht wieder aus dem Haus, seitdem ihr Mann verstorben ist. Im Schutz ihrer Perücke blickt sie munter auf die neue Welt.

Dienstag, 11. Mai um 13:47 Uhr
So vergnügungsfrei glotzt die Welt heut' beim Blick aus dem Fenster. Straße leer, Bäume begossen wie Pudel. Besorgte Mütter fahren fiebrigen Nachwuchs zum Arzt, elanfreie Gerüstbauer, Abschleppwagen murrt, Kontaktbereichsbeamter ohne Kontakt, gedrosselte Balz im Tierreich. Was wohl die Menschen so machen? Sehe nur Aufgaben.

Mittwoch, 12. Mai um 10:50 Uhr
Ich winke aus dem ... Die französische Tagesmutter kehrt mit ihren Tageskindern zurück. Unterwegs sangen sie »Sur le pont d'Avignon« und tanzten in den Pfützen. Das Paar mit dem Baby gegenüber im Dachgeschoss wird ausziehen, kein Fahrstuhl. Früher, wenn einer von ihnen ging, stand der andere auf dem Balkon und winkte. Mit beiden Händen, mit Kusshänden, ewig. Lange nicht gesehen, das. Etwas mehr Heiterkeit liegt in der Luft.

Donnerstag, 13. Mai um 16:18 Uhr
Am Fenster. Der Mann im blauen Trainingsanzug mustert seine Balkon-Geranien. Unten auf der Straße zerhacken zwei Nebelkrähen einen Mauersegler, dessen Flügel abgespreizt sind wie im Flug. Da putzt jemand auf den Knien das angelaufene Messing der Stolpersteine. Jede Straße ist eine Geisterbahn, jede Wohnung ein Erinnerungsgrab. Taubenflügelklatschen. Himmelfahrtsbetäubtes Leben.

Sonntag, 16. Mai um 15:32 Uhr
Mein Fenster fragt:
    »Warst du verreist?«
    »Ja!«
    »War's schlimm?«
    »Hab's überlebt.«
    »Hast du mich vermisst?«
Ungewöhnlich zudringliche Frage für mein Fenster.
    »Ja!«
Mein Fenster läuft an, beschlägt. Schamglas.

Dienstag, 18. Mai um 00:08 Uhr
Mein Fenster trägt Schwarz. Nachtgewand. Und lebt als Spiegel noch so lange, wie Licht von innen etwas ihm erzählt. Gleich bin ich weg, dann träumt es Schlaf, denn Fenster müssen Wache halten, solange einer noch nach Hause finden könnte. Und selbst wer durch die Tür tritt, hat es erst geschafft, wenn ihn sein Fenster innen registriert und ihm das Fremde abstreift. Angekommen!

Donnerstag, 20. Mai um 22:00 Uhr
Aus dem Fenster auf die Straße hängen wie ein zerzauster Waschbär. Die Straße schöpft Hoffnung, Abendlicht mild, ein Alleingestellter lässt seine Jalousie herunter, die Witwe im Haus nebenan weiß nichts von ihm, so ist das Leben. Immer aneinander vorbei und manchmal ist's Liebe, wenn zwei … Der dreirädrige Surrealist zieht ein Buch aus dem Regal: Gelbe Giraffen zupfen Gitarren. Dem Mond werden die Augen feucht.

Sonntag, 23. Mai um 18:24 Uhr
Die Treppe aus dem Fenster hinabsteigen. Der Mann, den alle den Blockwart nennen – er ist stets darauf bedacht, seinen und den Wagen seiner Frau Stoßstange an Stoßstange zu parken, was in der Straße zu vielverachteten Manövern führt – weiß, wie die Bäume heißen, die jetzt blühen, auf die ich jeden Tag blicke: »Das ist Rotdorn! Da hinten steht Weißdorn!« Schweiß perlt, Lack glänzt, Bauch spannt, Nachbar dankt. Ab.

Sonntag, 30. Mai um 12:55 Uhr
Aus dem Fenster sülzen. Ein Mann steht rauchend am orangenen BSR-Pott und streift Asche ab. Aufdringliche Rotdornpracht, ein kleines Mädchen komplett in hysterischem Rosa, sogar ihr Lillifee-Rad. Ein Königspudel mit schreiend gelber Schleife im schamponierten Fell. Ah, endlich: wohltuend schwarz der Bestattungswagen. Jeder Mensch sein eigener Zwerg, sein eigenes Märchen, sein eigenes Gift.

Montag, 31. Mai um 18:08 Uhr
Aus dem Fenster auf die Stierstraße schauen, die ja eher eine Pastorentöchter-Straße, die ja eher eine Drehorgelmann-Straße, die ja eher eine Zeitlupen-Straße, die ja eher eine Monokulti-Straße, Rotraut-Susanne-Berner-Straße, Dackel-Straße, Yoga- und Krankengymnastik-Straße, eher eine Kamillentee- und Katzenstreuner-Straße als eine orgiastische Berliner Straße ist. Krass ist woanders.

Dienstag, 1. Juni um 10:26 Uhr
Aus seinem Fenster sah Johnsons Uwe, Pfeifenschmaucher und Tastengrübler, auf die Kirche, auf die auch mein Fenster schaut. Zornig, wütend über das Geläute am Sonntagmorgen. Glockenkrieger! Eines Tages, blau-früh, im Winter, tapste er auf die Straße, formte eine Batterie eisig-harter Schneebälle und warf sie gegen den Heiligen Geist und sein blödes Gebimmel. Dann stapfte er davon, erst Schnaps, dann Prosa.

Mittwoch, 2. Juni um 19:44 Uhr
Mein Fenster sieht auf das Haus, wo der Komponist wohnte, der am Steuer seines Wagens verstarb. Sein Herz riss auf dem Parkplatz, allein. Er fehlt. Hatte es nie eilig, hatte immer Zeit für ein Geplauder gegen die irre Betriebsamkeit. Ausgereist aus der DDR, weil er die lebensabschnürenden Schikanen nicht ertrug. Liebte Wein, Weib, seine Tasten. Sein Studio steht leer. Die Straße trägt noch immer Trauer.

Donnerstag, 3. Juni um 14:34 Uhr
»Endlich Sonne!«, sagt mein Fenster. Und schon sind sie wieder da: Die zauseligen Klänge. Zu Dritt. Akkordeon, Trompete, Schellenring. Sie kommen aus Rumänien. »Sind seit drei Jahren in Deutschland. Ich, mein Bruder, Vater. Gut. Geld regnet aus dem Fenster. Menschen lachen, oft Gesichter aber versperrt. Deutschland viel versperrt.« Mein Euro plumpst in den Pappbecher. Sie lachen. »Musik? Das war Tango!«

Freitag 4. Juni um 12:51 Uhr
Mein Fenster sieht auf. Ich bin der Luftballon, gasgefüllt, der ins Himmelblau aufsteigt, entlassen aus hoffender Kinderhand. Die Geschichte, die ich nach oben trage, wird nie zurückkehren. Was ich dem Kind erzähle, weiß keiner, denn ich kehre in anderer Gestalt zurück. Das Kind wird kein Kind mehr sein und die Geschichte wird an einer höllischen Wäscheklammer, die wie ein müdes Herz aussieht, zum Trocknen hängen.

Sonntag, 6. Juni um 21:45 Uhr
Fensterlos. Bürgersteig-Blues. Treffe den dreirädrigen Surrealisten, dessen Gehhilfe tatsächlich vier Räder hat. Er habe jetzt Pflegestufe 1, sagt er. Er ist mager geworden. Graue Trainingshose. Einmal habe er Beckett im Theater besucht. Endlich, habe Beckett gesagt, kommt einer, der nicht über mein Werk redet, sondern über mein Haus. Der Surrealist stöhnt: »Die Hitze schlägt mir auf den Kopf wie ein Eispickel!«

21:49 Uhr
Dann gehen wir zum Perelsplatz. Der Surrealist bietet mir das Du an. Er habe schon immer auf einem Apple geschrieben, weil die Texte immer noch gerettet werden, auch wenn sie schon verschwunden sind. Am Perelsplatz planschen die Kinder im Springbrunnen. Mein Sohn gibt dem Dichter die Hand und fragt: »Wie alt bist du?« Er antwortet: »81 Jahre und ein Meer von Metaphern!«

Montag, 7. Juni um 21:55 Uhr
Ich Fenstermann. Ihn und sein Glutauge würde ich noch in pechschwarzer Nacht erkennen. Kettenraucher, Dauertrinker. Einmal am Tag holt er Nachschub, Graubrot dazu und Käse. Krebsrot das Gesicht, Feister Franz-Josef-Strauß-Schädel. Museum aus Fleisch und Atem. Die Zeit ist eine der unzuverlässigsten Fiktionen, die der Mensch in die Welt gesetzt hat. Er wird eines Tages umkippen und lange liegen.

Mittwoch, 9. Juni um 09:12 Uhr
Fensterfaul: Das schwarze Charon-Mobil lässt Deutschlandfahnen wehen, die Mütter haben sich von den Kindern befreit, die Väter sind längst im Tal aus Tränen und Taten verschwunden, die Postboten spielen »Es-war-einmal-ein-Brief«, Handwerker brüllen ins Unerhörte und manchmal zirpt das Weh von Gestern. Kannst du bitte noch mal deinen nackten Fuß über die Balkonbrüstung heben? Scheiß Bohrhammer!

21:56 Uhr
Ob Gerüstbauer, fragt mein Fenster, Gedichte lesen? Keiner schreit lauter als sie, Maulhelden. Muscle Poets. Menschen, die Bier trinken, sind genauso irre wie die, die darauf verzichten. Über Wolken ist noch nichts Kluges gesagt worden, aber was steckt hinter ihnen: transzendentale Currywürste, Obdachlosenasyle für Götter oder Alterssitze für Senioren-Engel? Jeder sein Fundbüro! Jeder ein Fragezeichen-Fabrikant!

Donnerstag, 10. Juni um 08:57 Uhr
Frühes Fensterdefilee. Auf zum Kindergarten: Carla hat heute ihren Hasen dabei, Mascha nimmt ihre Katze mit, Luca trägt seinen Tiger, Flo schleift seine Ente durch den Staub, Lili nuckelt am Ohr ihres Lämmchens, Isabelle schultert ihre Prinzessin, Robert hat dem Bären ein Pflaster verpasst und Nike führt ihren Eisbären aus. Was wäre die Welt ohne Kuscheltiere? Darf ich auch?

19:22 Uhr
Sonne küsst Fenster. Schlipsträger lassen die Hosen runter und verwandeln sich in Teilzeitväter, aus der Seniorenfreizeitstätte weht es herüber: »Kiss me quick!« Ein Elvis-Imitator in Goldjacke lässt dort das Becken kreisen, die Senioren nähern sich dem ekstatischen Stadium ihres Lebens, Rock'n'Roll gleich Gerontokratie. Meine Hüften lügen nicht, meine Worte sind zu schlicht.

Samstag, 12. Juni um 10:24 Uhr
Leinenzwang. Der hängt am Hund, der am Auto, der am Haus, der am Fenster. Am Beruf! Der da, das stachlige Männlein, arbeitet seit Jahren bei der Bank. Hat nichts zu entscheiden, der Senior-Berater. Call-Center-Bengels lassen ihn in der Warteschleife zappeln und sagen ihm, was er sagen soll. Jetzt schleicht er zum Bäcker, streift die Maus ab. Am Samstag ein Löwe, am Sonntag wächst wieder das Mäuseohr, montags piepsen.

13:48 Uhr
Aus Friedenauer Fenstern hängen jede Menge Schriftsteller: Teilzeit-, Schmalspur-, Einbahn-, Hobby-, Augenblicks-, Profi-, Vielzweck- Verlegenheits-, Notdurft-, Dienstleistungs-, Idyllen-, Katastrophen-, Schraubenschlüssel-, Zimmer-, Arbeiter-, Reise- oder Vorruhestands-Schriftsteller. Bitte besuchen Sie uns, Sie erkennen uns an unseren ungeschriebenen Büchern.

Sonntag, 13. Juni um 08:19 Uhr
Stehe am Fenster, putze Zähne. Der fahle Psychologe von gegenüber kämmt sich das Haar. Irrtümlich halte ich ihn für mich, mein Spiegelbild. Ich spucke aus, spüle mit Luft, werfe die Zahnbürste hinunter. Der Psychologe lässt den Kamm in den Vorgarten fallen. Dann neigen wir unsere Nasen zueinander und kommen erst wieder zu uns, als wir hart inmitten der Blumen landen.

Montag, 14. Juni um 09:14 Uhr
Hat uns das Paar im Haus nebenan bestohlen oder beschenkt? Erdgeschoss-Wohnung gekauft, Apfelbaum gefällt, Rasen gesät. Die Apfelblüte fehlt jetzt, auch die Wespen und die faulen Früchte auf dem Gehweg im Herbst. Stattdessen tuckert der Rasenmäher, Kinder spielen. Sie tragen den Vorort, die Kleingarteninsel, ins Herz der Stadt. Diebe? Mein Fenster sagt »Ja!«.

Dienstag, 15. Juni um 22:49 Uhr
Fenster rahmt blaue Nacht. In einer Giebellücke prangt der Mond wie ein flanierender Zirkumflex. Jetzt versinkt er eilig hinter schwarzen Dächern. Er will sein Nachtbuch weiterschreiben, in dem sich jede Straße findet, mit allen Träumen, mit allen Seufzern aus Glas, Finsternis, Feigheit. Scheint die Sonne, steckt der Mond den Kopf in Tinte, so lange, bis die Blätter wieder weiß werden. Wandern, schreiben, untergehen.

Donnerstag, 17. Juni um 09:53 Uhr
»Stell dir vor«, sage ich zu meinem Fenster, »die Frauen
entschlössen sich, den Sommer nicht als Schmetterlinge zu durchqueren. Was wäre der Sommer ohne die
Gravitation ihrer Flügel?« Auf der Straße steht ein weißer Rahmen. »Zu verschenken!«, steht dran. Schwarz-
weiße Fotokopien. Brad Pitt in allen Jünglingslagen.
Wer erwachsen werden will, muss sein Herz auf die
Straße werfen. Staub fressen!

Samstag, 19. Juni um 10:55 Uhr
In den Glastonnen enden die Euphorien von gestern.
Eine schwarz-rot-goldene Vuvuzela liegt im Vorgarten. Verliererland. Der rotgesichtige Trinker, der immer beim Asiaten anschreiben lässt, fährt auf seinem
rostigen Rad vorbei. Die Autos sehen aus wie be-
täubte Hunde, gleich wird uns jemand aufschneiden.
Der große Anästhesist fragt: »Haben Sie ihre Fenster
geschlossen?« Leben, die gefährlichste Währung der
Welt.

18:50 Uhr
Fenstersonnenuntergang. Die Wolken schieben Schlaf
heran und Regen. Die Balkone speisen Familien und
Blumen. Die Rinnsteine küssen die Flüche des Tages.
Die Stierstraße misst 512 Meter und 37 Millimeter. Sie
wiegt 27 Gramm, ihre durchschnittliche Temperatur
ist blau. Sie zählt 417 Köpfe und 150 000 gerettete See-
len. Zwei Verlorene. Die Traumzählung beginnt erst
nächstes Jahr. Aktiver Modus: Zeitlupe.

20:39 Uhr
Am Ende unserer Straße steht ein Briefkasten auf Zehenspitzen. Er ist seit vielen Jahren unsichtbar. Nur die Kinder, die Katzen und die Verliebten schenken ihm Nachrichten. Er wird niemals geleert, aber er hält alle Versprechen. In ihm wohnt ein trinkfester Kobold, der das Leben dechiffriert (nur samstags) und sogar Spinnweben übersetzen kann. Gelbes Fenster.

Dienstag, 22. Juni um 09:34 Uhr
Aus dem Fenster geschaut und einen Kuss abbekommen, der nicht mir galt. Der Opernsänger über uns bekam ihn per Hand- und Luftpost zugeschickt. Am Sonntag stand ein Mädchen an der Ecke und trug »Der Kuckuck und der Esel« auf seiner Blockflöte vor. Vor ihr ein Schild am Boden: »Ich sammle für Afrika. Dort werden Schulhefte gebraucht.« Jetzt schiebt ein dünner Mann einen Kinderwagen vorbei, darin hockt ein Kasten Bier.

Donnerstag, 24. Juni um 10:30 Uhr
Unter meinem Fenster macht eine Gruppe von Radfahrern halt. Fünf Männer, alle um die 60. Ihre Beine sind 30, ihre Gesichter 50. Stramme, muskulöse Bein, alle in hautengen kurzen Hosen, im bunten Trikot, alle mit eisgrauem Bart. Brüder? Freunde? Wie große Jungen stehen sie da, trinken, schwatzen, zeigen Bein. Beinstolz. Dem Sessel, dem Sofa, dem Sterben trotzen. Bewegt eure Hüften, tanzt.

Freitag, 25. Juni um 10:12 Uhr
Unten am Baumfenster hängt ein Zettel: »Wer hat Löwi gesehen? Der Stofflöwe unserer Tochter hat das Weite gesucht. Wer ihn zurückbringt, erhält eine hohe Belohnung. Löwi ist sehr anhänglich! Unsere Tochter ist unglaublich traurig!« Dazu ein Löwi-Bild. Verwegene Mähne. Lange Bartspitzen. Zwinkerauge. Verlieren Kinder was, wackelt die Welt. Bitte ausschwärmen, Löwi, sich selbst und die Welt retten.

Samstag, 26. Juni um 11:03 Uhr
Der Lyrikhund schnüffelt vorbei. Fensterfreund übrigens. Die Ausbildung zum Lyrikhund ist hart und vielseitig. Katachresen, Ellipsen und metrische Hürden müssen überwunden werden. Teckel sind ebenso ungeeignet wie Terrier oder Doggen. Lyrikhunde werden ausschließlich Poeten im Trockendock zugeteilt. Anträge sind fristgerecht zu stellen und einem Salamander zu überantworten. Erwarten darf man nichts.

Dienstag, 29. Juni um 11:50 Uhr
»Mit 66 Jahren, da fängt das Leben an!« weht aus der Seniorenfreizeitstätte durch mein Fenster. Mittagshitze, Sonnenschirme, zunehmende Flaggendichte. Montage sind auf schlechte Nachrichten spezialisiert, Dienstage leiden darunter. Am Mittwoch der Blick in den Rinnstein, am Donnerstag Schatten waschen, freitags Fragen stellen, samstags mit Fledermäusen tanzen, sonntags lachen. Kleinschreiben, was andere großreden.

Mittwoch, 30. Juni um 13:33 Uhr
Ich werfe meine Irrtümer, Fehler, Fragen, Zweifel
und blinden Flecken auf die Straße hinab. Die Passanten schauen zu meinem Fenster herauf. Der Berg
vor meinem Haus wächst. Bald werden ihn die ersten
erklimmen und mir die Hand reichen. Einmal einem
Mauersegler ins vorbeiflitzende Auge sehen können.
Vorbei! Verflixt!

Donnerstag, 1. Juli um 15:35
Ich, Fensterling, sehe einen Sonderling, Fremdling,
Bitterling, Kümmerling, Notling, Freundling, Dich-
terling, Karriereling, Kauzling, Schnüffeling, Gott-
ling, Außenseiterling, Mittenmangling, Chaotenling,
Protestling, Duckmäuserling, Liebling, Verstörling,
Bettlerling, Gefühlling, Finsterling, Heiterling, Licht-
ling, Störling, Willkommenling, Gastling, Heim-
kehrerling, Betäubtling, Realistling. Klingeling!

Dienstag, 6. Juli um 17:58 Uhr
Alte Verliermaschine Fenster: Sich selbst suchen und
das Suchen gleich wieder verfluchen und auch das
Selbst treten und beten, dass man das Suchen und
das Selbsten lassen kann, hassen kann. Und sich dann
wieder freuen, sich einbläuen, dass man sich selbst suchen muss, alles andere ist Stuss.

Samstag, 10. Juli um 11:21 Uhr
Mein 0:1-Fenster! Still ist die Straße, die Stadt, laut-
loses Land. Die Geschichte des Fußballs schreibt mit

glühender Nadel ihre Tattoos in mein Leben. Jammerkatzen, Warteschleifen, Säumniszuschläge, Entwesungsmittel, Falschzungen. Der große schwarze Mann fegt jetzt die Himmel leer. Mein Fenster freut sich auf den Abseitspfiff, den Abpfiff.

Mittwoch, 14. Juli um 21:58 Uhr
Der dünne Mann hat tausend Drehbücher geschrieben und keines verkauft. Sein Fenster zum Hof ist zugeklebt mit Filmplakaten. Wo er steht, ist Film, er raucht Zelluloid, er träumt auf 35-mm. Früher Vorführer, dann Karten abgerissen, dann gefeuert. Er weiß, eines Tages wird ein Wagen vorfahren und es wird kein Geringerer sein als Cecil B. DeMille oder Spielberg, der ihn zu sich bitten lässt. Kleiner träumt er nicht.

Donnerstag, 15. Juli um 16:44 Uhr
Um sie zu sehen, muss ich mich weit aus meinem Fenster beugen. Sie gleicht einem alt gewordenen Blumenkind. Jeden Tag fegt sie den Bürgersteig vor ihrem Haus, so als könne sie so die Welt aufräumen. Aber weil sie weiß, dass das alles nicht reicht, ist sie unglücklicher als Sisyphos. Ach, könnte sie doch ihren Besen besteigen und einmal alles unter sich lassen: den Staub, die Stadt, das Kummer-Selbst.

Dienstag, 20. Juli um 08:51 Uhr
Mein Fenster hat Heimweh nach dem Fernweh. Mehrere Verwandte leben in der Stadt: in Kreuz-

berg, Spandau, Neukölln. Auch in Hamburg wohnt ein Glasbruder. Sogar in London: Uncle Window. Wenn der Wind gut steht, erzählen sie einander: von Rahmenrheuma, Glasrissen und gläsernen Freundschaften. Immer seltener helfen ihnen dabei Vögel, die lernen kaum noch fenstrisch. »Gebildete Vögel? Mangelware!«, klagt mein Fenster.

Freitag, 23. Juli um 10:56 Uhr
Fensterblues: Bin ich noch da? Bin ich noch da? Bin ein Fenster ohne Namen, kein Papier und kein Gesicht, Polizei und Fundbüro kennen mich nicht, die Suchmaschinen sind verzweifelt, müde schnieft der Detektiv, bin ein Fenster ohne Namen und auch du kennst mich nicht. Bin ich noch da? Bin ich noch da? Bitte, frag morgen noch mal, vielleicht bin ich wieder da!

Samstag, 24. Juli um 10:27 Uhr
Der Mann, den seine Frau rausgeworfen hat, die letzten Sachen flogen damals aus dem Fenster, sitzt jetzt in seinem Wagen vor ihrer Tür, auffallend rasiert und gekämmt, und überlegt. Soll er? Er öffnet die Wagentür, steigt aus, geht ein Stück, bleibt stehen. Geht wieder ein kleines Stück. Bleibt stehen. Magerer Typ, früher irgendwas beim Film. Promilleblut. Geht schließlich wieder zum Auto, fährt davon.

Sonntag, 25. Juli um 20:49 Uhr
Das Mädchen ist ein Schlüsselkind ohne Schlüssel. Mit ihrem Fahrrad fährt sie den Bürgersteig auf und ab. Mein Fenster und ich fragen uns, wer ihre Eltern sind. Sie ist immer allein, nie sehe ich sie mit Geschwistern oder Freunden. Einmal hielt sie vor unserem Haus und sah lange zu dem Regenbogen, der sich über den Dächern wölbte. Gleich, dachte ich, fährt sie hinauf mit ihrem rostigen Rad.

Mittwoch, 28. Juli um 19:24 Uhr
Was ist das? Jesus reloaded? Ein Büßer? Ein Mann hat ein riesiges Kreuz geschultert (mit Rollfuß) und zieht es durch die Straße. Der Blockwart, wie immer autowaschend, sieht ihm hinterher und ruft zu seiner Frau hinauf: »Erika!« Die Gerufene beugt sich über die aufrechten Geranien und schaut dem Kreuzzügler nach. Mein Fenster: »Auch ich trage mein Kreuz!« »Werd nicht pathetisch!«, sage ich. »Märtyrer nölen nicht!«

30. Juli um 20:55 Uhr
Fenstervermutungen. Über mir ziehen die Vögel. Über den Vögeln ziehen die Wolken. Über den Wolken ziehen die Flugzeuge. Über den Flugzeugen ziehen Satelliten. Über den Satelliten das Licht. Über dem Licht strahlt die Dunkelheit. Ob es dahinter dann hell oder dunkel wird, ist umstritten. Ich kehre zurück. Über die Straße fliegt mein Blick. Dämmerung in den Gesichtern. Jeder weiß, dass es Zeit wird unterzugehen.

21:21 Uhr
Ich betäube den Mond. Ich bedenke mein Fenster. Ich schicke Bibi Blocksberg ins Bett. Ich mäste meine Zuversichten. Schlüpfe in mein Trappisten-Ich. Schenke meiner Nachbarin einen achtdeutigen Blick. Kratze hermeneutisch über mein Kinn. Sitze über Rot. Werfe die Stimmen der Straße achtlos in Schubläden. Befriede mich selbst. Höre auf das, was ich nicht sage. Wünsche dir und mir den Leibhaftigen als Schiedsrichter.

Sonntag, 1. August um 09:56 Uhr
»Dass du dich zu weit aus dem Fenster gesehnt hättest, wird man nicht auf deinen Grabstein meißeln«, bemerkt mein Fenster, »sofern du Angehöriger der ›Schenkt-meine-Asche-dem-Wind-Generation‹ überhaupt noch einen haben wirst. Etwas mehr Elan vital, auch im Untergehen, würde dir und euch nicht schaden. Wer kein Aufhebens von sich macht, wird auch nicht gefunden.«

Freitag, 6. August um 18:32 Uhr
»Kannst du mir«, bat mein Fenster, »von den Neuköllner Drag-Queens erzählen, den schrägen Nollendorf-Tanten, den silberschuppigen Friedrichshain-Träumern, den nervösen Reichstags-Tänzern, den Oranienstraßen-Indianern, den tätowierten Kreuzkölln-Häuten, den Hermannplatz-Intensivtätern, den drahtigen Mitte-Selbstvervielfältigern?« »Mein Liebes, ich spiele sie alle, für dich!«

Sonntag, 8. August um 10:49 Uhr
»Die Kirchgänger«, bemerkt mein Fenster, »staksen Gott wie Reiher entgegen.« Graureiher: Bunte Seidentücher schmücken die Frau, weißes Hemd ziert den Mann. Federputz, Herzwaschung. Die Frau, die Frauen liebt, legt Frauenschicksale aufs Pflaster, weil sie mit der Frau, die sie liebt, zusammenzieht. Romane zu verschenken! Bücher sind Notunterkünfte. Lange bevor die Glocken riefen, lief ein Fuchs durch die Stierstraße heimwärts.

Montag, 9. August um 12:59 Uhr
»Du sprichst nur mit mir«, klagt mein Fenster, »weil die Blumen unter deinen Händen verdorren.« Es stimmt, sie sind mir alle, auch Kakteen, weggestorben. »Vergiss bitte nicht«, tröste ich, »dass du mein Wasser bist und ohne Straße, ohne dich, ohne unser Ping-Pong würde ich verdursten!« Wir sehen die schöne Frau kommen, sie trägt immer schwarz und es steht ihr vorzüglich. Wir liegen uns in den Armen und Augen.

Dienstag, 10. August um 09:04
Wenn die Schwerkraft eine Leichtkraft wäre, könnte man sich mal aus dem Fenster stürzen. Fliegen, den Fuß federnd aufsetzen, dann wie ein Känguru mal im ersten und zweiten Stock vorbeischauen. Der Begriff »Straßenleben« müsste neu definiert werden, die Straße bekäme ein anderes Gesichtsgewicht, wir würden nicht alles so schwer nehmen und wüssten, was Schmetterlinge so treiben. Kann das nicht mal jemand erfinden?

12:00 Uhr
Mein Fenster darf nichts davon erfahren, dass ich fremdfahre und einziehe ins Unterwegs, wo das milde schattengesprenkelte Augustabendlicht am Landwehrkanal flüstert: »Fahr weiter, weiter, find heraus, wer du bist!«

»Für wie weltfremd hältst du mich eigentlich?« empört sich mein Fenster. Es hat wieder einmal nicht gereicht zur großen Flatter.

Mittwoch, 11. August um 10:07 Uhr
Der Mann, der morgens nicht weiß, wo er abends sein Auto abgestellt hat, irrt mal wieder in alle Himmelsrichtungen. Aufmerksamkeitsritter ziehen los! Seht mich! Nehmt mich wahr! Treten Sie an Ihr Fenster, schenken Sie der Straße: Sich! Putzen Sie Zähne, Seele, Gemüt und Raubkunst im Angesicht der anderen. Lassen Sie sich nicht verkommen, legen Sie alle Schäme (irregulärer Plural) ab und winken Sie, wie Sie sind.

Donnerstag, 12. August um 15:04 Uhr
»Stell dir vor«, sage ich zu meinem Fenster, »in Kreuzkölln spielen die Spatzen mit Kronkorken Frisbee«.

»Ach, was!«

»Glaub's mir! Da hat sich was getan. Die Jugend tanzt auf Brücken, im Landwehrkanal leben Delphine, die Boule-Spieler schicken Ratten zum Apportieren und die Hunde beißen nur noch sich selbst«.

»Formidabel! Kannst du nicht einen kleinen Fensteraustausch organisieren? Eine Woche?«

Freitag, 13. August um 13:47 Uhr
Dauerregen-Depressionsfenster. Stürze mich hinab,
doch nicht mein Leben zieht in dieser letzten Sekun-
de an meinem inneren Auge vorbei, sondern Szenen
aus dem 3., 2. und 1. Stock. »Hey, wo is mein Bio-
Pic?« Stopptaste! Erdgeschoss-Still. Rücksturz. Es hat
aufgehört zu regnen. Lass es uns noch mal versuchen,
okay? Alles auf Zeitlupe!

Sonntag, 15. August um 13:19 Uhr
»Im Hinterhof«, schnurrt mein Fenster, »steht ein Zu-
cker-Ahorn. Ein GI brachte ihn 1947 als Sprössling
mit nach Berlin und schenkte ihn seiner Freundin.
›Flittchen‹, sagten manche, nahmen die Schokolade
dennoch. Der GI ist tot, seine Freundin ist 88 und der
Ahorn kann 150 Jahre alt werden. Sie kommt noch
einmal im Jahr und legt die Hand an den Stamm. Das
letzte Mal am Arm ihrer Enkelin.«

Dienstag, 17. August um 13:16 Uhr
Als ich meinen Schädel aus dem Fenster hänge, in
dieser Minute, sehe ich eine Frau, die wie ein Pferd
durch die Straße galoppiert, ab und an macht sie einen Luftsprung, berührt mit den Fingerspitzen herab-
hängende Zweige. Als sie mich sieht, meinen Schädel,
bleibt sie im Galopp und macht weitere Luftsprünge.
Gut, ich bin also kein Luftsprung-Bremser, die gibt es
ohnehin in zu großer Zahl. Bitte springt!

18:08 Uhr
Mein Fenster will das Finale von »Lost« verraten. Es
hat alle 121 Folgen gesehen. »Tickst du noch richtig?«,
brülle ich es an, »sie werden dich lynchen!« »Pfft!«,
es zuckt mit den Achseln. »Ich bin nicht Wolfgang
Neuss.« »Und?«, frage ich: »Gnostisches Wolkenku-
ckucksheim oder quantenphysikalische Wundertüte?«
»Sagen wir mal so, Schätzchen: Love conquers all.«

Samstag, 21. August um 11:01 Uhr
Morgenstund hat Rost im Schlund. Samstägliche
Friedenau-Fenster. Günter Grass lebt hier nicht mehr!
Einmal in der Woche werde ich gefragt, wo er denn
nun wohne. Ich sage stets: »Günter verzogen, Bach-
mann, Johnson abgeflogen, Enzensberger retiriert,
Frisch im Himmel residiert«. Nur die Herta spinnt
noch Fäden hier. Ansonsten: Bilanzfälscher sind die
wahren Poeten in unserem Literatur-Viertelchen.

Sonntag, 22. August um 18:46 Uhr
Mein Fenster hat ein Abendstudium begonnen und
gibt sich großspurig. Es fordert Entschleunigungs-
engagement im Sinne einer fensterzentrierten Uni-
versalgeschichte. »Und wo bleiben die Menschen?«,
opponiere ich. »Und wo bleiben die Dinge?«, hält es
dagegen. »Ich bleibe kühl, zu viel Gefühl«, singt die
Straße und gedenkt verflossener Zeitzeilen.

Dienstag, 24. August um 13:47 Uhr
Unter meinem Fenster geht der Effizienzdenker vorbei. Er will jeden Tag auspressen wie eine Zitrone und wundert sich morgens dann, wie ähnlich er ihr sieht, wie zerknautscht er sich fühlt. Er träumt von Erfindungen, mit denen sich das Leben leichter leben ließe. Sein Kind sieht er selten, zu viel unterwegs. Noch stabilisiert ihn der Schlips, den er trägt, das weiße Hemd. Wie lange noch?

Mittwoch, 25. August um 21:46 Uhr
Mein Fenster versteht nichts von Fußball. Will nichts wissen vom Ball, der sich nach dem Winkel sehnt, von grün-weißer Seele und einem Tor in letzter Minute. Versteh ich was vom Fußball? Schenkt mir das Spiel Kindlichkeit, wo längst gestorben wird? Rätselhafte Regeln, die dennoch klarer sind als alles, was uns umgibt und formt: Auswärtstore zählen doppelt! Hurra, ich lebe noch!

27. August um 22:44 Uhr
Fremdes Fenster in der Stadt aus Glas und Geld. Boshafter Regen. Hotelfenster gehen keine langfristigen Bindungen ein. Häufig wechselnder Schicksalsverkehr. Wer stand hier gestern? Wer wird hier morgen stehen? Er, sie, es? Wir wissen nichts voneinander! Ich schreibe mit dem Finger meine Geschichte aufs Glas und hoffe, das Zimmermädchen löscht sie nicht.

Samstag, 28. August um 20:36 Uhr
Das Zugfenster, das ich traf, war müde. Es wünschte sich ein Haus, um sesshaft zu sein. »Ach, eine Straße wäre schön, immer nur Strecken, Strecken, Strecken. Bin kein Tramp, bin es leid, unterwegs zu sein, ausgeschlossen vom Leben!«

»Aber die Reisenden«, wende ich ein, »kein Leben?«

»Reisende kleben an Landschaften, können sich Fenster nicht merken!«

»O!«

Sonntag, 29. August um 20:14 Uhr
Die Kinder bespielen das Wohnzimmer. Ihre Fenster heißen Hanni und Nanni. An der Wand lehnt eine geplünderte Schultüte mit eingedrückter Spitze, mit Dellen und Falten. Sie, die süße Heilige, ist nur noch digitale und zerebrale Erinnerung. Wieder und wieder wird sie das Kind in den Arm nehmen, so lange, bis das Kind selbst nur noch eine Erinnerung ist. Die Fenster in der Aula blickten wie Röntgenaugen in die Ferne.

Dienstag, 31. August um 00:28 Uhr
Fenster sieht Gespenster. Mitternacht vorbei. Knattern, Grölen. Unten ziehen drei Kindersoldaten mit Maschinengewehren vorbei, die Laserlicht spucken. Einer schaut hinauf. Er schwenkt lässig sein MG und lässt einen roten Blitz an mein Fenster knallen. Ich taumle. Bin getroffen. Sie ziehen weiter, hinterlassen eine Spur aus Bier und Ballermann-Brunft. Immer wenn man Freddy Krueger braucht, ist er nicht da.

Mittwoch, 1. September um 09:31 Uhr
Wer am Fenster steht, wurzelt flach, drinnen und draußen. Im Zwischenreich: nicht Zeuge ganz noch Täter, nicht Auge ganz noch Ohr, nicht Geste ganz noch Schweigen. Am Fenster Tag und Traum vermählen und für einen Atlas gehalten werden. Essen die Götter eigentlich Fleisch? Ambrosia gibt's um die Ecke.

22:39 Uhr
Heute bekam ich ein rotes Buch zugeschickt. Darin ging es um Blut, Boden, Bienenfleiß, Bauernstolz, Bundesdenker, Blasenschwäche, Bandwürmer, Blähungen, Blitzkriege, Brombeeren, Billigläden, Badewannen, Brandstifter, Bildungsschwächen, Batik und Butternudeln. Ich warf es aus dem Fenster.

Ich schuf es ab.

Donnerstag, 2. September um 21:27 Uhr
Seitdem mein Fenster eine Tür kennengelernt hat, die einen Bestseller mit dem Titel »Schlösserluder« schrieb, will es auch einen Hit landen. »Ganz einfach«, sage ich, »umsegle die Welt, lebe bei Gorillas, werde Massai, Hells Angel, Kassandra, stirb, triff dich mit Jesus auf'n Bier, versprich Glück, lass Vampire keusche Mädchen küssen«. »Alles auf einmal?« »Sicher ist sicher!«

Mein Fenster schreibt jetzt Haiku.

Sonntag, 5. September um 11:10 Uhr
Das Fenster erzählt, sonntagmorgenmild, von dem
Professor, der jetzt Windeln trägt, der Dame mit dem
Hündchen, die noch jeden Mann verlor, dem Schlag-
anfallgefällten, der nicht versteht, warum es ihn traf,
der Pubertierenden, die die Zigarette fortwirft, sobald
sie in unsere Straße einbiegt und der Frisöse, die Haare
schneidet und unser aller Leben erzählend verwaltet.
Klarkaltblauer Septemberhimmel. Noch Kaffee?

22:47 Uhr
Floh die Treppe hinab, schoss durch die Tür, warf den
Kopf in den Nacken, sah hinauf zu meinem Fenster,
wo mein Schatten langsam verglimmte. Schloss aus
diesem Untergang, dass ich in früheren Zeiten zum
Kutscher getaugt hätte, nicht zum Schmied, vielleicht
zum Bergmann, nicht zum Wirt, zum Bauern, nicht
jedoch zum Zöllner. Die Kette ins Urgestern schien
endlos. Das Glimmen nickte herab.

Montag, 6. September um 18:04 Uhr
»Alle Gewalt geht vom Begriff aus«, sagt mein Fenster
und verbittet sich, als Fenster bezeichnet zu werden.
    »Soll ich dich Spreewaldgurke nennen?«
    »Mach dich lustig, aber bald werden die Dinge
aufbegehren gegen eure Zwangsordnung!«
    »Aber dann können wir uns nicht mehr unterhalten!«
    »Wir wirbeln die Wörter auf wie Staub, dann sucht
sich Jedes sein Jedes, bis ihr kapituliert. Mensch hört
auf, Mensch zu sein!«
    »Adieu!«

Dienstag, 7. September um 22:49 Uhr
Auf dem Fenstersims sitzt mit tropfnassen Flügeln ein gefallener Engel. Sein Menschenführerschein ist verwirkt. Manches kam zusammen: Trunkenheit am Schützling, Missachtung der Geschäftszeiten, Aufschneidereien vor Irdischen. Ich gäbe ihm eine Chance, aber ich darf ihn nicht ansprechen, sonst sänke er noch tiefer in der Gunst seines Herrn. Bitte Engel trösten! Aber diskret!

Mittwoch, 8. September um 22:31 Uhr
Mein Fenster findet keine Ruhe und ich noch kein Bett. »Woran denkst du?«, will es wissen. »An die Schule, früher! Kennst du dieses alte Lied?«, frage ich:
　　»Wir falten brav die Hände,
　　Besehen uns die Wände;
　　Wenn wir nur mal durchs Fenster sehn,
　　Müssen wir gleich in der Ecke stehen,
　　Weh!«
Die Glocke des nahen Kirchturms mischt sich ein:
　　»Zu Bett, zu Bett, zu Bett!«

Freitag, 10. September um 08:51 Uhr
»Heute«, sagt mein Fenster, »hat man meiner Tante eröffnet, dass sie nächste Woche abtransportiert wird. Sie ist alt, das Kreuz brüchig, der Lack ist ab, sie schließt nicht mehr richtig. Man wird sie heraushauen, ein grober Gesell wird sie die Treppe hinuntertragen und in einen Container werfen. Dann bricht ihr Herz, ihr letztes Glas. Ist das nicht furchtbar?«
　　Meine Brust wird eng.
　　Soll ich die Tante holen, retten?

19:44 Uhr
Anthropologen-Fenster: Manche gehen nach, andere vor dem Höhepunkt ins Bett. Manche sagen, das Zubettgehen sei Höhepunkt, andere wollen ihre Matratze dafür halten. Im Schlaf hat mancher den Höhepunkt angetroffen, vom umgekehrten Fall gibt's kaum Berichte. Manche zögern das Zubettgehen hinaus, weil sie alle Höhepunkte auslagern wollen und das Bett als Tages-Tiefpunkt betrachten. Ich mag Ruhepunkte!

Sonntag, 12. September um 11:14 Uhr
Unter meinem Fenster stoßen rostige Spaten in den granitenen Boden. Wie das staubt, Funken stiebt! Meine Ahnen sind eingetroffen, heben ihre Unruhestätten aus. Mein luftiges Vagabundieren verschmähen sie. Sie suchen Verlässlichkeit. Liegen auf kühlen Kieseln. Von Zeit zu Zeit wirft mir einer einen Spaten zu, hofft, dass ich ihn fange. Ich achte sie nicht. Scheppernde Landungen. Spaten können nur Abschiedslieder.

Montag, 13. September um 09:24 Uhr
Mein Fenster ist jetzt auch bei Facebook. In kurzer Zeit ist es ihm gelungen, unzählige Freunde in aller Welt aufzutun. Auf seiner Pinnwand kreuzen sich aberwitzige Schicksale, Ideen funkeln, Impressionen aus aller Damen und Herren Länder befruchten sich. Ich ahne, dass mein Fenster auf diesem idiolatrischen Jahrmarkt mehr über mich ausplaudert, als mir lieb sein kann.

»Das ist mein Leben!«
»Du bist mein Mensch!«

Ich bin bereit, auch Ihr Fenster zu erhören. Der Dialog mit Fenstern ist ein Leichtes, der mit Menschen jedoch ein Schweres für mich. Haben Sie schon mal bedacht, dass auch Ihr Fenster Traumata kennt? Eine Aussicht zum Sterben? Eine nasse Hundezunge? Staubbedingte Blindheit? Einen Steinwurf? Einen Überschallknall? Augenzeuge des Grauens? Lassen Sie Ihr Fenster nicht allein. Fragen Sie! Hören Sie! Raten Sie!

Mittwoch, 15. September um 23:46 Uhr
Mein Fenster stellt klar:
>»Ich mag keine Gedichte, in denen Hegel
>   auftaucht.
>Ich mag keine Gedichte mit verbeamtetem
>   Lyriker.
>Ich mag keine Gedichte, die Lyriker anderen
>   Lyrikern widmen.
>Ich mag keine Gedichte mit Schlussvolte.
>Ich mag keine Gedichte mit Prêt-à-porter-
>   Wehmut.
>Ich mag keine Gedichte, die Revolutionen
>   fordern.
>Nacht!«

Freitag, 17. September um 09:12 Uhr
Mit bloßem Auge sieht das Fenster die Regenwürmer, die der Dauerregen ins Exil zwingt. Was für ein Tort! Der Regenwurm benannt nach dem, was ihn tötet. Da liegen sie aufgequollen, grau, schließlich schwarz.

Es heißt, die Regenwürmer halten das Trommeln der Tropfen für Grabgeräusche des Maulwurfes, ihrem Todfeind. Deshalb fliehen sie. Sagen wir doch Erdlinge! »Earthworm!« rief Lord Nelson und hob seinen Fuß achtsam.

Dienstag, 21. September um 20:46 Uhr
Mein Hauptmotiv bist du: Fenster. Kühle Nacht komm herein, sollst mein letzter Gast sein. Keine Angst vor Amseln, sie schwatzen schwarz, doch friedlich. Das Land zieht sich eine Decke aus Halbzeitständen, Parolen und Promille über den Leib. Was war, was ist, was wird, weiß keiner. Die Bundesregierung beschloss die Abschaffung der Angst. Die Opposition forderte ein Endlager für Hoffnungen. Fenster herzt die Aporie.

Sonntag, 26. September um 19:23 Uhr
Das Fenster blickt indigniert: Marathon! 40 000 Flüchtlinge, die den Tod, das Alter, den Bauch, ihre Frau, ihren Mann fürchten. Im Tiergarten tausendfüßiges Scharren im Matsch, quietschende Regenfolien, das Tropfenkonzert auf mürben Blättern. Auf dem Rückweg vorbei an den Huren in der Kurfürstenstraße: Ihre Regenschirme lallten. Für die Läufer hatte das dürre Mädchen kein Auge. In Friedenau lauerte das Ende.

Montag, 27. September um 17:24 Uhr
Mein Fenster, das sein Abendstudium zielstrebig betreibt, befasst sich gerade mit der Theodizee: Warum muss es Hohenschönhausen geben, wo doch Schöneberg existiert? Was fangen wir mit Elstern an, wo es doch Sperlinge gibt? Und wie konnte Gott im Angesicht des Fahrrads Autos zulassen? Meine Welt ist unvollkommen und ich bin mein gewichtigster Beitrag zur allgemeinen Imperfektibilität.

Dienstag, 28. September um 11:50 Uhr
Deutschland sucht das Superfenster. Die Jury besteht aus einem Berliner-, einem Kirchen- und einem Pop-up-Fenster. Friedenau zetert: Fensterverfall, Glasjugend verdirbt, Abendland stirbt. Mein Fenster hofft. Steht schon in der 3. Runde. »Homestory bitte ohne mich! Besinn dich lieber auf dein Amt, Draußen und Drinnen, Stillstand und Fluss, Blick und Gegenblick zu verbinden!« Fenster kreischt: »Eine Runde weiter!!«

Donnerstag, 30. September um 18:23 Uhr
Über den Wolken müssen die Fenster wohl einsilbig sein, denn das Draußen und das Drinnen sind hier tödlich verfeindet. Goldfinger starb schröcklichen 007-Fenstertod. Die Majestät, das Himmelsbett, ist ein herablassender Erzähler. Und drinnen ist die Welt ein Hinterkopf. Die Flug-Fee verkauft Rubbellose und die Ohren spielen über den Alpen Russisch Roulette. Milano infine!

Samstag, 2. Oktober um 13:01 Uhr
Rückfluchfenster. Im Hand- und Kopfgepäck grün-
weiße Schmach. Saluto Milano! Sie haben uns in einen vergitterten Bus gesteckt, im Giuseppe-Meazza
Stadion in den Fernglasrang verbannt, haben uns vier
Tore ins Fleisch geschossen, nach dem Abpfiff fest-
gehalten und uns dann wieder im mobilen Käfig abtransportiert. Die Nacht war warm in Mailand, kalt
der Morgen in Berlin. Tach Schönefeld!

Sonntag, 3. Oktober um 09:34 Uhr
Das Kind ist neu. Drüben. In seinem Gitterbett.
Kräht, lacht, winkt. Ich zurück. Mache Kopfstand,
wringe die Luft aus, watschle. Kind lacht, ich zapple
wie ein Fisch, rotiere wie ein Hubschrauber. Man beobachtet uns. Jemand sorgt sich um die große Fens-
terordnung. Polizei fährt vor und Feuerwehr auch.
Der Junge und ich springen in aufgespannte Tücher
und gleich wieder zurück. Das Fenstertheater.

Dienstag, 5. Oktober um 21:29 Uhr
Herr Viagra möchte mit meinem Fenster befreundet sein. Jeden Tag schickt er Briefe. Er verspricht
Standhaftigkeit, Glück, tiefe Befriedigung. Nicht
eben kleinlaut. Manchmal denke ich, Herr Viagra
ist mehr als einer, manchmal denke ich, er ist eine
Armee. Was passiert, wenn mein Fenster ihn einlädt?
Es bleibt standhaft, schlägt die Angebote aus. Viagra
ist unempfindlich, jeden Tag eine Nachricht. Stehauf-
männchen.

Mittwoch, 6. Oktober um 20:27 Uhr
Sein Tag wird kommen. In der Bibliothek sitzt er immer am Fenster. Er liest jedes Buch, jede Zeitschrift, schreibt ab, reißt heimlich Seiten aus. Er weiß alles. Seine Fingernägel abgekaut. Er isst stets hastig, ruft niemanden an. Aber sie werden ihn anrufen. Eines Tages wird er den Hörer abnehmen: Er wird der größte Quizmaster sein! Ob er jetzt den Müll runtertragen sollte? Und wenn er den Anruf verpasst?

Donnerstag, 7. Oktober um 23:55 Uhr
Das Fenster lallt. Alkoholika sind im Spiel. Bislang ist das Fenster durch Askese aufgefallen, denn die Straße, auf die es blickt, ist verträumt, jedoch nicht versoffen. Wir sind nicht die Summe unserer Cocktails! Wir sind, was wir sind und was wir sind, lallen die Fenster. PS: Wenn die Dinos mit walnussgroßem Hirn 200 Millionen Jahre die Erde beherrschten, was haben wir im Kopf im Angesicht unseres Untergangs?

Sonntag, 10. Oktober um 15:51 Uhr
Späte Schmetterlinge. Die Fenster machen der Straße noch einmal schöne Augen. Sommerschlussendlauf. Heute ist mal jeder integriert. »Ein Lächeln sagt mehr als 1000 Worte!« steht auf dem Twingo des Dentisten. Und zwei Autos weiter klebt auf einem Hummer-Geländewagenalp: »Tätowierte ficken besser!« Wem gehört das? Einem Pornoakrobaten? Einem Banker? Einer anderen Bad-Boy-Berufsgruppe? Ach, wär ich doch ein Brandherd!

Montag, 11. Oktober um 22:46 Uhr
Fenster sind Feuervögel, sie verbrennen alles, was ihnen lieb und teuer ist. Jeden Tag fege ich die Asche meiner Erlebnisse zusammen und werfe sie dem Papier zum Fraß vor. Wenn doch etwas geschähe! Aber nur das alte Ehepaar schlurft vorbei, er mit sandfarbener Schirmmütze, sie im steifen Trenchcoat. Ihr Golden Retriever ist tot. Beide bücken sich nach Kastanien, aber zwischen ihnen lebt kein Wort. Nur Herbst spricht.

Dienstag, 12. Oktober um 21:25 Uhr
Ja, der Herbst! Mein Fenster nuschelt erratisch: »Helmut Kohl und Morrissey hocken in ihren Ich-Verliesen«. Da kann einer um die Welt laufen und sich noch so sehr ans Wir/Ihr/Sie verschwenden, er bleibt ein Einzelner. Asoziale Netzwerke? Wie die Blätter heute ihre Stimmen erhoben, war schön, ganz ohne mein Zutun. Ob ich nur einmal so leuchte, bevor ich falle, weggefegt werde? There is a light that never goes out!

Donnerstag, 14. Oktober um 21:20 Uhr
Kinder heben ihre Arme und versuchen, die fallenden Blätter zu fangen. Die Katze mit dem roten Halsband schaut zu dem feisten Kater hinauf, der hinter tausend Maschen seine Krallen an den Taten seiner Ahnen wetzen muss. Im späten Licht summen die Haare der Frauen leise vor sich hin. Die Hoffnungen öffnen die Fallschirme, die Fenster ihre Memoiren. Im Mundwinkel der Kassiererin klebte heute ein stürmisches Glück.

15. Oktober um 11:24 Uhr
Heute ist Freitag. Da könnte doch zur Abwechslung
mal was misslingen? Ich habe es satt, dass immer alles gelingt. Immerzu muss ich jubelnd Fäuste ballen,
Preise entgegennehmen oder dankend aus dem Fenster winken. Dieser anhaltende Erfolg macht mich
müde und einfältig. Ich geh mal scheitern! Vielleicht
treffe ich ein unausgelastetes Unglück? Möglicher-
weise treffe ich einen Untergang, der mir steht?
Aaaaaa …

Samstag, 16. Oktober um 16:42 Uhr
Ich bin ein Umständlichkeitsbefürworter. Am gegenüberliegenden Fenster hängt Monika. Sie ist ebenso
umständlich wie ich. Sie besitzt einen Papagei, der
»Mottenfraß«« sagen kann, aber nur sonntags. Wenn
Monika und ich uns treffen, wissen wir nie, ob wir
aneinander vorbei finden. Wenn wir uns grüßen, stol-
pern unsere Blicke. Würden wir uns lieben, würden
wir uns lange Briefe schreiben am Frühstückstisch.

Sonntag, 17. Oktober um 18:42 Uhr
Sehe aus dem Fenster. Eine Frau geht vorbei, bei
der es sich um meine Ex-Freundin handeln könnte.
Aber welche? Oder – kariöses Licht – handelt es sich
um eine Ex-Feindin? Ich fühle mich verwackelt, wie
eine unscharfe Fotografie. Wenn aber, der Verdacht
ist ungeheuerlich, die Frau gar keine Ex ist, sondern
eine Nunc? Geht sie vorbei, biegt sie ein? Mein Herz
schlägt so laut, ich trete zurück, damit sie es nicht
liest.

Dienstag, 19. Oktober um 23:47 Uhr
Um Mitternacht aus dem Fenster schauen und einen theaterbleichen Mond antreffen, der nach der Vorstellung zum Abschminken versinkt und sich mit dem knochenfahlen Klaus Kinski tagsüber in der Kantine sinnlos betrinkt, bevor er am nächsten Abend noch bleicher und voller die Bühne betritt: Vollmond!

Donnerstag, 21. Oktober um 21:32 Uhr
Oktober mit Frostfingern. Die Fenster hängen in der Dunkelheit wie Laternen. Die Häuser sind Kinder, die durch die Straßen ziehen und auf Süßes hoffen. Leise singen sie ihre Lieder, aber niemand öffnet die Tür, weil keine Tür groß genug wäre, sie einzulassen und ihre Wünsche zu speisen. Sie lassen die Köpfe hängen, während wir schlafen. Brenne auf mein Licht, brenne auf mein Licht, aber nur meine liebe Laterne nicht!

Freitag, 22. Oktober um 23:27 Uhr
Mein Fenster hat das träge Leben satt, macht jetzt auf Scripted Reality, sensationelle Quoten. Die silikonbewehrte Gräfin stürzt sich mit heißem Atem auf den Gärtner, dessen Frau wiederum ein Liegdichein mit dem solarienverwöhnten Postboten pflegt, währenddessen die fußpflegende Frau des Postillions ein Mechteltechtel mit dem gegelten Verteidigungsminister unterhält, der an einem quälenden Fußpilz leidet. X-Windows!

Sonntag, 24. Oktober um 16:08 Uhr
Kopfschüttelfenster: Eine ausgemergelte Frau führt
einen muskelkotzenden Kampfhund am Geschirr,
»Schmusekater« steht auf dem Klett-Sticker. Warum
erfindet niemand den Friedenshund? Der Friedenshund bellt und knurrt nicht, dafür schlichtet er jeden
Streit. Geht er vorbei, entspannen sich die Fäuste, legt
der Räuber die Pistole nieder, spielt der Rechtsradika-
le Skat mit dem Asylanten. Smilebull statt Pitbull!

Dienstag, 26. Oktober um 11:53 Uhr
Der Mann, der immer auf 35-mm träumte, der darauf wartete, dass ihn Cecil B. DeMille oder Spielberg in einer Stretch-Limousine abholen würden,
wurde gestern zwangsgeräumt. Er sei, heißt es, nicht
nur 22 Monatsmieten schuldig geblieben, nein, seine
Wünsche auf Zelluloid seien so entzündlich, dass sie,
so die Feuerwehr, ganz Friedenau in ein flammendes
Inferno hätten verwandeln können. Nur ein Funke
Fantasie …

21:25 Uhr
Zwei kleine Mädchen, Rot- und Blond-Schopf, ver-
hören die Passanten: »Wie heißt du?« und erzählen
ungefragt ihre Geschichte: »Wir heißen Pipi und
Kacka, unsere Eltern sind gestorben, sind im Himmel. Wir haben kein Zuhause, sind ganz allein auf
der Welt und haben seit drei Tagen nichts gegessen.
Tschüss Pupsmann!« Einer lacht, einer schweigt, eine
winkt ab und eine steht am Fenster, leicht zurückge-
zogen, und errötet.

Mittwoch, 27. Oktober um 10:07 Uhr
Die Laubwegbläserzeit beginnt. »Wenn«, sage ich zu meinem feinfühligen Fenster, »am Tag meiner Beerdigung so ein Terrorspender die Frohsinnsgemeinde stören sollte, erstehe ich auf von den Toten und ziehe Mann und Gerät hinab ins klamme Grab«. »Was soll ich dir wünschen?« fragt mein Fenster. »Einen Sommerabgang!«

Donnerstag, 28. Oktober um 12:31 Uhr
Aus allen Fenster sieht es auf die Taube. Sie sitzt ganz still auf der Fahrbahn, den Kopf gesenkt. Schon warten Autos, einer hupt, ein anderer ruft, aber das Tier regt sich nicht. Nimmt es den großen Abschied? Autos stehen jetzt rechts und links, bis einer aussteigt, zu dem Tier tritt und es vorsichtig aufhebt. Der Mann setzt sie an einen Baum. Der Stau löst sich in der engen Straße nur langsam auf, niemand murrt.

Freitag, 29. Oktober um 09:19 Uhr
Die Heerschar der Freunde, die unter meinem Fenster stehen und heraufsehen, ist kaum noch zu überschauen. Ich bin glücklich. Sie lachen mir zu, lachen sie mir zu? Warum haben sie Schaum vor dem Mund? Wollen sie mich warnen? Oder sind sie einfach ekstatisch-euphorisch? Jetzt fliegen die ersten … Tomaten? Eier? Glauben die, ich hungere? Was rufen sie? Bitte? »Schiedsrichter! Telefon!«

Ihre aggressive Demut. Was auf den Teller kommt, wird zügig verspeist. Sie hat das zweite Gesicht. Männer meidet sie, dem letzten warf sie Hemd und Hose aus dem Fenster, nur ihren vor Jahren verstorbenen Ehemann trifft sie bisweilen im Halbdunkel. Abends bürstet sie ihren tattrigen Schäferhund. Nachts lässt sie ihr langes Haar herabfallen, tagsüber versteckt sie es im altmodischen Dutt und sieht im Bett fern.

Sonntag, 31. Oktober um 20:28 Uhr
»Süßes, sonst gibt's Saures!«-Fenster. Hexen, Vampire, Gespenster. Bleich geschminkt, Blutbächlein. So stehen sie vor uns, halten uns höhnisch ihre Beutel entgegen. Wir werfen Finger, Zehen, Auge, ein Büschel Haar oder ein Ohr hinein. Einer will nur gegen einen Traum abziehen, eine Hexe fordert ein Krüglein voller Tränen, ein anderer will eine marktfrische Geste. Wann hört die Klingel endlich auf, mich zu rufen?

Montag, 1. November um 22:43 Uhr
Allerheiligen-Fenster. In Polen löschen die Toten heute Nacht ihren Durst aus einer Flut von Blumen, Kerzen, Erinnerungen, Wodka, Gebeten. Die Polizisten auf Promille-Jagd, Kadaver auf dem Asphalt, verzweifelte Füchse an Fernstraßen, das Land eine Baustelle, Nightclub, Euro-Disco, Weihwasserbecken. Die Lichter auf dem Grab der Großmutter werden noch brennen, wenn wir die Geburtstagskerzen für ihre Urenkelin anzünden.

Dienstag, 2. November um 14:39 Uhr
Mein Fenster muss einen Vortrag über Medienethik halten:

Kommt durch Medien mehr Böses in die Welt?

Kommt durch Medien eine andere Qualität des Bösen in die Welt?

Machen Medien eine bestimmte Qualität von Bosheit unmöglich?

Steuern böse Menschen gute Medien?

Oder umgekehrt?

Sind Medien das Böse?

Ist das Böse ein Medium?

Kommen die Bösen in den Himmel oder in die Medien?

Und das Gute?

Mittwoch, 3. November um 19:49 Uhr
Der vierrädrige Surrealist öffnet sein Fenster zum 20. Jahrhundert. Wegen seines zu geringen Brustumfanges wurde er ausgemustert, zum Volkssturm holte man ihn dennoch. Er hob Panzergräben aus, wollte mit sechzehn den Feind ganz allein besiegen, er überlebte. Jetzt steht er mir gegenüber, Pflegestufe 1, ein Mann, mehr als achtzig Jahre, und kämpft mit dem Krebs. Seine Waffe: Sein Witz und ein Kochbuch!

Donnerstag, 4. November um 14:42 Uhr
Schwindel ergreift mich am Fenster, weil ich nicht weiß, wohin ich schauen soll. Auf die Katze? Das Paar, das sich ad acta legt? Die heimkehrende Anästhesistin? Den realen Surrealisten? Meine Fragezeichenfresse?

Das Waveboard-Girl? Die Alte am Dackel? Den Schatten der Selbstmörderin? Wenn schon eine Prise Simultanität dich besoffen macht, kannst du von Glück sagen, in dieser mucksmäuschenstillen Straße zu leben.

Freitag, 5. November um 19:34 Uhr
Sie steht am Bordstein, bereit, die Straße zu überqueren und versinkt in etwas, was von meinem Fenster aus nicht zu lesen ist. Weit weg! Der Ginkgo wirft seine Nachkommen wütend auf Windschutzscheiben. Sie taucht auf, denkt, sie sei schon auf der Straße, schreckt zusammen, als sei sie vor ein Auto gelaufen, macht einen Satz zurück. Sie kehrt um, geht wieder nach Haus. In einer Stunde wagt sie es erneut.

Dienstag, 9. November um 18:21 Uhr
Dexter Morgan steht an seinem Fenster, stippt die Jalousie einen Spalt weit auf, sodass ein scharfer Strahl Licht die Wand punktiert, und überlegt, ob er den dicken Mann, den er heute töten wird, in 35 oder 53 Stücke zerlegen soll. Bevor er sich entscheiden kann, klingelt das Telefon. Es ist Rita, die wissen will, ob er heute Abend die Kinder zu Bett bringen kann. Ein Tag mehr für den Dicken.

Mittwoch, 10. November um 23:23 Uhr
Vampirfenster. Ich schlage meine Zähne in Fleisch und Fragen. Sauge meinen verkrümelten Sarg aus (Vampyrette) und lege mich schlafen. Fledermäuse

schmücken meine Unterwäsche, ich sauge mit der Zeit. Ihr Schönen und Schaurigen könnt euch auf mich verlassen, ich werde an eurer Seite sein, wenn ihr euch blutleer fühlt und blass. Dann beißen wir: nicht ins Gras, aber gemeinsam!

Samstag, 13. November um 21:48 Uhr
Ich lag die ganze Nacht am Fenster auf der Lauer. Nichts. Keine Diebe, keine Liebenden, keine Fledermäuse, keine Götter, keine Engel, keine Gedanken, keine Gefühle, keine Ismen. Nur früh um vier hörte ich ein Würgen, ein Speien, so als ob einer über der Kloschüssel hängt und sein ganzes Leben erbricht. Mich grauste, ich ging zu Bett, das Laken voller Scherben.

Sonntag, 14. November um 20:29 Uhr
Am Fenster gegenüber steht die Frau, die mir nie winkt, weil sie weiß, dass wir zu viel voneinander wissen, obwohl wir uns nicht kennen. Ab und zu wirft sie ein Tintenfass hinab und hofft, dass sich die Äste herabbeugen und einen Brief aufs Pflaster schreiben. Manchmal schleudere ich einen Bleistift gegen den Wind, in der Hoffnung, er schriebe ein Lied auf ihr Haar. Kein Wunder, dass wir einander auswendig können.

Montag, 15. November um 14:04 Uhr
Gelber Rettungshubschrauber durchquert den inneren Bezirk meines Fensters und lässt mich wieder ein-

mal rettungslos zurück. Am Kamener Kreuz wechselt
eine Schar von Flamingos auf der Fahrbahn die Farbe.
Derweil geht unter meinem Ichfunkfenster ein Leben
zu Bruch: Der rote Container füllt sich mit abgelebten
Möbeln. Montag ist ein guter Tag zum Abtransport
alter Wünsche.

Dienstag, 16. November um 12:48 Uhr
Er markiert mit dem Kreidewagen einen Fünfer, einen Sechzehner, eine Tor-, Außen- und Mittellinie.
Wo bleiben die Mannschaften? Er sieht hinauf zu
meinem Fenster. Ich trete zurück. Spürbare Kälte,
plötzlich. Wer ist er? Platzwart? Schiedsrichter? Eine
fahle, knochige Gestalt. Da fällt ein großer Ball wie
ein Stein auf den Mann und alles verschwindet im
grünen Gelächter. Nur der rote Entsorgungscontainer
steht noch.

22:46 Uhr
    Mein Fenster hat Tränen im Regen
    und Lider am Mittag
    und Wimpern in der Nacht
    es hat alles, was ein Fenster braucht
    um von der Welt und den Zimmern zu wissen
    um uns ein Licht zu schenken
    das nicht brennt in den Augen
    und nicht quält in der Brust

Mittwoch, 17. November um 19:47 Uhr
Der Erwerb von sieben Unterhosen (mausgrau) erfüllte mich mit einer lange nicht gefühlten Zukunftszuversicht. Die Augen des Verkäufers weiteten sich
zu Fenstern, die Blicke in eine grenzenlose Erfolgslandschaft freigaben. Ich schritt tatendurstig aus.
Vielleicht würde ich mir doch eine Biografie erwerben
können, die vor den Augen der Welt bestehen könnte.
Meine Hand strich zärtlich über die neuen Freunde.

Donnerstag, 18. November um 10:48 Uhr
Mein Fenster öffnet seine Türen
die Gäste kommen ungeladen
und drängen sich um alle Fragen
die mich in Tag und Nacht
in Sinn und Such
in Tat und Ruch ersinnen
und dich und mich bestimmen –
vor diesen lebenstreuen Gästen
gibt's kein Entrinnen, keins

19. November um 16:14 Uhr
Sintflut. Die Arche liegt fest vertäut vor meinem
Fenster. Ich treibe mich hinein: Wrack-Ich, Bettler-
Ich, Tagedieb-Ich, Schmallippen-Ich, Großmaul-Ich,
Grobian-Ich, Unglücks-Ich, Freuden-Ich, Scheu-Ich,
Scham-Ich, Realist-Ich, Zweifel-Ich. Reste-Ich. Mängelexemplar-Ich. Usw.-Ich. Noah hatte es leicht: Er
besaß ein himmlisches Mandat und musste nur die
Fauna retten. Retten Sie mal ein Ich! Retten Sie sich
selbst!

Ach, Fenster: Der Herbstmeister steht vor der Tür und die ersten tragen Tannenzweige nach Hause, die Reißverschlüsse hoch bis über die Adamsäpfel, die Alten fürchten den Winter und die grauen Väter lassen immer mehr Federn. Die Kinder bläken »noch 'ne Oma« und die lächelt gierig zurück. Die Anschaffungen verfügen meine Abschaffung. Nervenkostüme trocknen. Schwermut light!

16:33 Uhr
Halbzeitfenster. Die Spieler schleichen in die Kabinen. Hälfte des Lebens? Früher waren Streifschüsse in Mode und ab und zu ein Splitter in der Schulter. Heute tobt der Krieg in den Bildern, die wir leben. Von den Bäumen fallen unterdrückte Schreie und verblichene Gewissensbisse. Kann ich mich auswechseln, Trainer? Der Schiedsrichter pfeift. Wir müssen wieder raus! Aufs Feld! Ins Leben!

17:08 Uhr
Bundesligafenster. Schlusskonferenz. Dein Verein liegt zurück und kommt nicht wieder. Jetzt steht alles in Frage, jetzt wackelt dein Stuhl, der schafft die Wende nicht mehr. Du träumst vom Schuss in den Winkel, stattdessen fliegst du vom Feld, stehst im Abseits, wirst ausgewechselt. Das Flutlicht geht aus und du verlässt als letzter das Stadion. Nur der Wind ist dein Zeuge.

Dass sich die Krähe auf unserem Dachfirst niederlässt, sehe ich im gegenüberliegenden Fenster, dort wo die Mutter und ihr Kind noch schlafen. Später zieht ihre Hand den Vorhang zur Seite und ein stilles Gesicht sieht nach draußen. Montags schmeckt die Welt wie Blei. Sie wird den Regen sehen und mich, falls ihre Augen den Satz über die Straße wagen. »Da sitzt er wieder, die alte Krähe, und versucht, Nüsse zu knacken«.

Dienstag, 23. November um 15:37 Uhr
Warum sitze ich hier?
bei offenem Fenster
die Füße schon kalt
die Ohren befreundet
mit dem Winter
der nicht fragt ob er darf
die Hunde sind unruhig
sie spüren den Schnee
der uns heute auf die Seele (umstrittener
    Bezirk im Menschen)
fällt
und nicht liegenbleibt

Mittwoch, 24. November um 09:01
Im Fenster ein Bild
von Kindmannfrau
bin das ich?
rauche nicht
aber die Asche müsste ich mal abstreifen

von meinem Gesicht
heute sind alle spät auf den Beinen
die An-, Ab- und Aufgestellten
zur Arbeit Freunde!
Ich geh Handschuhe kaufen und ein Los
für die letzte Beziehung

22:14 Uhr
In der kleinen Turnhalle am Ende der Straße
laufen die Männer dem Ball hinterher und dem
    Leben
die Kassiererinnen kauen an ihren Nägeln
die Schlittschuhläufer schauen auf die Stadionuhr
die Kinder schütteln die ersten Träume von der
    Schulter
an den Fenstern stehen jetzt nur noch Verlassene
und der DJ wirft seine Rettungsringe in die kalte
    Nacht

Donnerstag, 25. November um 13:14 Uhr
Ich bin das Maskottchen
hab ein dickes Fell
und da wo meine Knopfaugen sind
sehe ich nichts
ein wenig darunter meine Fensterlein
ich klatschte die Spieler ab
nehme sie in den Arm (nach Niederlagen)
man zeigt uns im Fernsehen
meine flammende Zunge
ich bin euer Lachen
bin euer Maskottchen

dann fahr ich nach Hause
mit dem Kopf auf dem Beifahrersitz
lege mich still ins Bett und warte
auf das nächste Heimspiel

Freitag, 26. November um 12:08 Uhr
Schneefenster. Obwohl sie aus allen Wolken fallen, landen sie immer weich. Flocken. Wer ihnen zusieht, selbst Atheisten, fängt an, in ihrem Wirbel Gottesbeweise zu suchen. Aber da unten geht es prosaischer zu. Eine Frau im Wintermantel raucht, die Beine wie verleimt, ein Auto quält sich aus der Lücke, jemand lässt ein Taschentuch fallen und im Treppenhaus rumoren Handwerker. Könnten wir nur einmal fallen wie Schnee!

19:22 Uhr
Kaufrauschfenster. Shopping-Mall. Steglitz. Im EG stehen zwei spindeldürre Mädchen als Engel verkleidet und verschenken Schokoladenweihnachtsmänner, im ersten Stock spielen drei Bläser »Vom Himmel hoch«, im zweiten Stock kann man auf einem toten Rentier reiten und sich im dritten Stock neben einer geschmückten Plastiktanne ablichten lassen. Auf allen Ebenen streiten die Paare. Auf dem Dach landen die Rettungshubschrauber. Zu spät!

Sonntag, 28. November um 21:11 Uhr
Mach das Licht aus! Herrnhuter Sterne leuchten. Öffne das Fenster! Schneeluft. Wer ist dieses Jahr gegan-

gen? Kommt noch jemand? Wer bleibt? Ignorieren, verbergen, teilen. Ein fülliger Mann, der einen geknickten Regenschirm aufgespannt hat, geht vorbei. Es regnet nicht. Er humpelt. Eine Tür schnappt ins Schloss, eine Plastikfolie flattert im Wind. An den Fenstern stehen, den Toten zusehen, wie sie fallen auf das Land.

Montag, 29. November um 09:38 Uhr
In den Treppenhäusern stehen Rettungsschirme.

In den Zimmern liegt Schnee. Die Bewohner schaufeln ihn aus den Fenstern. Eislaufen im Wohnzimmer, Schneeballschlacht in der Küche, Einseifen im Bad.

Eine Frau mit einem Netz Apfelsinen geht vorbei.

Die Plastikfolie auf dem Container sieht aus wie das stürmische Meer der Augsburger Puppenkiste.

Über jedem Kopf sehe ich Fäden. Montags hat es auch das Schicksal schwer.

23:46 Uhr
Es ist jetzt still. Ist es still? In einigen Fenstern ein Restglühen. Auf unserem Fensterbrett steht eine Krippe. Maria, Josef, Jesulein, die drei Könige: Playmobil. Vor dem EC-Automaten liegt ein Obdachloser. Hier zieht heute keiner mehr Geld. Mein Nachbar wusste: Der leuchtende Baum an der Ecke ist ein Zierapfelbaum. Ich drehe die Heizkörper ab. Lasse kalte Luft ins Zimmer. Die Autos sehen aus wie schlafende Hunde.

Dienstag, 30. November um 11:59 Uhr
Fenster-Blues:

> ankommen, endlich mal ankommen
> nicht immer nur wegfahren
> nicht immer am Wir sparen
> nicht immer nur Gangways betreten
> nicht immer nur Etats anbeten
> nicht immer nur wollen und müssen
> nicht immer nur Aufschneider küssen
> nicht immer nur Münder vernähen
> nicht immer nur Proben bestehen
> nicht immer nur Zeilen verkaufen
> nicht immer nur Fun-Fusel saufen
> ankommen, endlich mal ankommen

22:53 Uhr
»Du lebst hier seit acht Jahren. Früher wohnte hier ein Mann, schweigsam, zusammen mit seiner Frau. Nachts, wenn sie schon schlief, trat er heran, öffnete mich, sah auf die Straße und rauchte. Er streifte die Asche am Sims ab und sah, wie die Asche fiel. Das waren Tränen. Seit acht Jahren hat in diesem Zimmer niemand mehr geraucht. Könntest du mir einmal den Gefallen tun? Rauchen? Für mich? Immer nur Zahnseide!«

Donnerstag, 2. Dezember um 13:07 Uhr
Zwischen den rasenden Fenstern des Speisewagens und denen der zurückbleibenden Häuser herrscht ein geheimes Einverständnis: Verachtung. Zigeuner die einen, Sitzenbleiber die anderen. Doch im win-

terlichen Fensterspiegel des Speisewagen paart sich alles: drinnen und draußen, nah und fern, fremd und freund. Kuchengabel stößt in Kirchturm und auf der Hochspannungsleitung balanciert der Kellner.

17:42 Uhr
Ich sehe aus dem Fenster und sehe Wladimir Putin mit nacktem Oberkörper auf einem Schimmel durch unsere Straße reiten. Ich rufe ihn, er blickt hoch. Wir unterhalten uns über die Fußball-WM 2018, seine Deutschkenntnisse, über Tee, Tolstoi, die russische Seele. Ein feiner, ehrenwerter, ja, ich möchte sagen erlesener Mann. So einen Mann wünscht man sich zum Freund. Über alles andere sprechen wir nicht. Druschba!

Freitag, 3. Dezember um 11:32 Uhr
Fenstersimse schreiben keine SMS.

14:42 Uhr
Guten Tag, meine Damen und Herren, die Nachrichten!

Der Begründer der gläsernen Plattform Window-Leaks Körner wird seit heute von Interpol mit internationalem Haftbefehl gesucht. Dabei wird ihm jedoch nicht vorgeworfen, Interna seiner Straße öffentlich gemacht zu haben, sondern die Vernachlässigung seines Amtes als 3. Kassenwart des Werder-Bremen-Fanclubs »Ich-brech-dir-die-Beine-Borowka!«. Körner bestreitet die Vorwürfe und holt Kuchen.

23:16 Uhr
»Wenn du lange genug wach bliebest«, sagt mein Fenster, »würdest du die alte gelbe Telefonzelle sehen, wie sie unerlöst durch unsere Straße schwebt. Ein bitteres Los traf sie: das letzte Gespräch, das in ihr geführt wurde, bevor man sie demontierte, war ein Liebesgespräch ohne Liebe. Das treibt sie um! Erlösung fände sie nur, wenn einer sie anriefe und es aus ihrer schwarzen Muschel spräche: »Komm bitte und geh!«

Samstag, 4. Dezember um 17:26 Uhr
Ich habe einen Glasmacher gebeten, mich in ein Fenster zu verwandeln.

Ich kann meine Undurchsichtigkeit nicht mehr leiden.

Sonntag, 5. Dezember um 18:41 Uhr
Die Vorstellung, dass die Welt eines Tages untergehen könnte, verschafft mir große Erleichterung, ja, Freude. Den faustgroßen Klumpen Euphorie, der spontan in meiner Brust wächst, möchte ich mit jemandem teilen. Blicke aus dem Fenster. Eine bedrückt wirkende Frau mit einem eingetopften Weihnachtsbaum geht vorbei. Ich werfe ihr mein Untergangs-Bällchen an den Kopf. Sie wünscht mir die Pest an den Hals. Ich lächle.

Montag, 6. Dezember um 09:50 Uhr
Worte sind Schaufenster, in denen wir uns mit wechselnden Einfällen unter den müden Augen der Passanten um ein bisschen wahren Glanz bemühen.

17:11 Uhr
Mein Fenster hat eine Ü-30-Party besucht und kehrt frustriert zurück. Man sagte ihm, dass es viel zu jung sei. Zwar sei es ein Altbaufenster, aber eben doch ein nachkriegerisches. Da standen reihenweise gut erhaltene Jugendstilfenster (Ü-90) und protzten mit ihren bunten Fensterbildern. Schließlich hat sich mein Fenster mit einem milchigen Toilettenfenster betrunken, das jedoch auf dem Heimweg stürzte. Armes Fenster!

Dienstag, 7. Dezember um 17:12 Uhr
Gestern versuchte ich, jemanden zu hassen. Ich sah aus dem Fenster. Ich betrachtete den nackten Walnussbaum. Kein Blatt, keine Nuss. Widerwärtiger Kerl! Wille und Vorstellung legten eine Axt an. Da löste sich ein letztes einsames Blatt und trudelte zu Boden. Mein Hass war so bekümmert, so hässlich, dass er sich in die Tiefe stürzte und zu meinem Glück hart aufschlug.

Mittwoch, 8. Dezember um 16:29 Uhr
Ihren Namen? ... Ich erinnere mich an das mürbe rote Sofa und an das Fenster, auf den der scharfe Frost Eisblumen gemalt hatte. Ihr Gesicht? ... Aber ich sehe den milchig-blassen Halbmond ihres Fingernagels, mit dem sie das Eis zerkratzte. Worte? ... Ich sehe, wie ihr Atem die Landschaft freilegte: eine schneeweiße Straße. Ganz hinten, wo es schon dunkel wurde, fuhr ein Radfahrer, dessen Mantel sich im Wind bog.

Donnerstag, 9. Dezember um 23:55 Uhr
Das Essen ist kalt.
Ein Auto fährt vorbei.
Hund bellt.
Mond hängt wie eine Banane über der Stadt.
Im Fernsehen ein französischer Film ohne Bilder.
Lichter, Nebel und Laternen wie von Turner
    gemalt.
Menschen wie Witze auf zwei Beinen.
Ich wie ein Irrtum.
Schneeverwünschungen meterhoch.
Das Fenster schlägt sich mit sich selbst herum.
Alles klein, immer kleiner.

Freitag, 10. Dezember um 16:45 Uhr
Heute stelle ich mich mit dem abweisendsten Gesicht, das ich finden kann, ans Fenster. Alles perlt ab, nichts erreicht mich, alles fällt angesichts meiner bleiernen Maske wie tot zu Boden.
Ich bin das Löschblatt,
der Tintenkiller,
der Freunde-Verlierer,
der Radiergummi.
Dem Fenster werde ich auch noch seine Reflexe
    austreiben.

23:39 Uhr
Rotlichtfenster: Heute las ich in der Zeitung den Nachruf auf die Hure namens Molly, die zu ihren besten Zeiten ihre XXL-Brüste in deutsche TV-Wohnzimmer schleuderte. Einmal sah ich sie mit ihrem

Schäferhund auf dem Hundeauslauf im Volkspark.
Ihr Make-up rebellierte. Der struppige Hund hatte
fortgeschrittene Hüftdysplasie. Es fing an zu regnen.
Ich lief vorbei, der Hund schaute traurig, Molly sah
zu Boden.

23:57 Uhr
Ihm geht es gut. Sehr gut! Er hat die 1. Person ins 3-
Sterne-Frost-Fach getan. Da liegt es/er/sie! Besser so.
Er spricht nicht mehr mit mir. Er schaut nicht mehr
auf die Straße. Hat heftige Larmoyanz-Einblutungen.
Die Ärzte haben ihn aufgegeben. Er hat vergessen,
wie ich heiße. Ich beklage mich nicht. Ich bin nur ein
Fenster mittlerer Güte.

Samstag, 11. Dezember um 16:15 Uhr
Wenn Sie auf ihr Leben zurückblicken und nach Mo-
menten des Glücks suchen, ist da Platz für ein Fenster?

   …

   …,
   oder?

21:33 Uhr
Seit Tagen treibt sich dieser Einkaufswagen unter
meinem Fenster herum. Was will er? Folgen ihm andere? Gründen sie eine Einkaufswagenkolonie? Der
Typ säuft wie ein Loch. Jeden Tag liegen neue Fla-
schen und Becher in ihm, auch Currywurst-Pappen.
Ob Schnee, Wind oder Regen: Er bleibt! Wenn man

ihn anspricht, bekommt man keine Antwort. Versteht er kein Deutsch? Er kommt aus »Lidl«. Wo ist das? Will er Asyl?

Sonntag, 12. Dezember um 10:58 Uhr
Meine harte Rechte traf das Kinn des Falschspielers mit derartiger Wucht, dass er aus seinem Stuhl gehoben und rückwärts durch das zersplitternde Fenster des Saloons auf die staubige Straße geschleudert wurde. Ich trat hinaus, zog meinen Colt und schoss ihm das rechte, übrigens recht fleischige Ohr ab und überließ den Rest den Geiern.

Ich hob den Kopf, der auf einen Stapel Steuerunterlagen gesunken war.

Zahltag!

Montag, 13. Dezember um 18:41 Uhr
Der Schnee auf Abschiedstournee.
Der Tag und seine Besatzung gehen ins Wasser.
Der verschleppte Einkaufswagen tropft.
Fenster schicken Gardinen fort.
Kinder verwüsten ihre Eltern.
Weihnachtsbäume grüßen vom Balkon.
Können Menschen auftauen?

Dienstag, 14. Dezember um 21:47 Uhr
Wenn ihre Atemzüge dann endlich tief und gleichmäßig werden, ihre Hände aus deiner gleiten, du die Tür hinter dir schließt und an dein Fenster trittst, dann fragst du dich, wie dieser Tag ein Tag hat werden kön-

nen und was ein Tag aushält und wie viele Tage es gab
und geben wird und wo das Glied in der unabseh-
baren Kette dir unkenntlich bleibt. Und ob die Menschen eine Antwort sind. Und dann fällt Schnee!

Mittwoch, 15. Dezember um 15:13 Uhr
    Das ist jetzt ein ganz bitteres Spiel
    geworden und noch nicht einmal Halbzeit
    die Zuschauer sind schon gegangen
    oder kehren ihm den Rücken
    selbst der Mond ist auf ein Bier
    in die Katakomben verschwunden
    nur ein paar Fenster
    verfolgen reglos das Hin und Wieder
    in Superzeitlupe
    das wird selbst für ein Best-of
    nicht mehr reichen
    was ihr uns bietet
    und ich bin auch nicht mehr bereit
    mich in die Tiefe
    zu stürzen

Donnerstag, 16. Dezember um 16:52 Uhr
    Saß heute im M 85 (M = Metrobus) hinter einem
    winterverdreckten und werbeversteckten Fenster.
    Haltestelle Varian-Fry-Straße. Fry? Der
        Fluchthelfer!
    Am Potsdamer Platz steht ein Pop-Grenzsoldat in
        grauer
    Uniform vor Fragmenten des antifaschistischen
        Schutzwalls

und verspricht: »Ich stemple Ihre Pässe!«
Die Touristen bewerfen den Bus mit Schneebäl-
    len.
Am Hauptbahnhof übergibt sich der Fahrer.

21:40 Uhr
Am Zitaten-Fenster:
    »Einmal wissen, dieses bleibt für immer ...«
Und die Geige spielt dazu.

Freitag, 17. Dezember um 23:33 Uhr
Wer kein Fenster hat, an dem er stehend-gehend,
treibend-bleibend die Geschäfte lassen kann, die Uhr
und das Image schassen kann, ist ein armer Wicht,
denn er kennt sich nicht und sein Fenster, sein Fenster bei Nacht.

Samstag, 18. Dezember um 16:57 Uhr
The North Face und Jack Wolfskin sind nur die
    Spitze des Eisberges.
Was für eine Kälte muss von uns ausgehen.
Überlebenskünstler gibt es nicht mehr, nur noch
    Überlebenshandwerker.
Auf den Balkonen stehen tote tatendurstige
    Weihnachtsbäume im Netz.
Ein Schneeball knallt gegen mein Fenster.
Das Böse der Banalität.
Ich freue mich auf.
Ich freue mich.

Ich freue.
Ich.
Ich friere.
Fest an mir.

Sonntag, 19. Dezember um 11:56 Uhr
Wer hat mir bloß die Hände
aufs Fensterbrett genagelt?
Wer hat mein Herz bloß im
Spiegel gebadet?
Wer hat bloß mein Auge
auf die Straße geworfen?
Und wer hat das Blei
in den Mund mir gegossen?
Ist's der Winter, mein Kind?
Oder bist du's?
Ach, bitte tu es!

20:13 Uhr
Ich trete ans Fenster
und spiele Luftzigarette
im minimalistisch-melancholischen Stil
(Daumen und Zeigefinger)
hoffe, du siehst mich
hoffe, du siehst
den roten, den wunden Punkt;
die Fragezeichen aus Rauch
siehst du hoffentlich auch
jetzt schürz ich die Lippen ein letztes Mal
und streife all meine Aschen ab

So schön ist's draußen
ich könnte kotzen
aus meinem Fenster weht
Musik (Kategorie: vergänglich)
hinab auf Schnee (Kategorie: deutlich unvergäng-
    licher)
Kälte fasst mich an
und Glück, dass ich hier sitzen darf
und frieren (sogar versöhnt mit einem Saxophon)
und auch das Blut fließt wohin es soll
Streugut fällt vergeblich
kann nicht an gegen
das Bild
das mich malt
Morbus pop

Montag, 20. Dezember um 18:35 Uhr
Das Hinterhof-Fenster ist das Boulevard-Fenster:
Ein Mann mit Schürze steht am Herd
ein anderer Mann sitzt am Tisch und bastelt
ein dritter Mann bohrt in der Nase
eine Frau sitzt am Tisch und liest
eine Frau sitzt vor ihrem Computer –
keine liebenden, keine streitenden Paare
kein Mord, kein Mann im Rollstuhl, kein
    Fernrohr
nur der Schnee fällt lautlos von den Ästen

Dienstag, 21. Dezember um 10:40 Uhr
Vielleicht sind die Vögel guter Dinge?

Die Menschen kommen zum Erliegen
und wandern wie Pinguine übers Eis
das Radio klagt so gut es kann
unter den Fenstern kratzt und schabt es
und selbst der Weihnachtsmann hat
die Umschulung zum Extremsportler
bestanden. Das Martinshorn will jetzt
auswandern, einen anderen Namen
annehmen, der Mann, den seine Affären plagen,
schiebt Schnee mit schlecht sitzenden Schultern

Mittwoch, 22. Dezember um 08:09 Uhr
Scheitern ist mein Ding.
Das Video mit dem Schiedsrichter,
dem das Toupet vom Kopf geschossen wurde,
springt nicht an, Autos und bestellte Bücher
bleiben liegen, die Verbindung zu dem
   verstorbenen Lyriker
reißt immer wieder ab und Schnee fällt auf
mein Brot. Geschenke im Genick
der Tannenbaum
ist schon gefällt,
schon aus dem Fenster geworfen,
bevor er steht. Ein Ordnungsamt für mich und
   meine Taten!

17:21 Uhr
Das Fenster ist traurig
ich bin es auch
das ist unser schönster
gemeinsamer Brauch

wenn wir uns anblicken
wenn wir uns ansehen
dann wissen wir beide
es gibt kein Verstehen
keine Ordnung
keine Wohnung
kein Haus
nur gebrechliche Ziele
und ein letztes Hinaus

Donnerstag, 23. Dezember um 10:09 Uhr
Auf dem Pfeiler eines Zaunes
liegt ein Puzzle: »Zu verschenken«.
Aufgeweicht und wellig.
»Unser schönes Deutschland«
Und ich fühle mich auch
wie 1500 Teile am Fenster.
Schneecrispies fallen
knisternd auf die letzten
Blätter des Rosenstocks.

21:49 Uhr
Ostfriesen verlassen das Haus jetzt nur noch durchs
Fenster.
Warum?
Weil Weihnachten vor der Tür steht!

Freitag, 24. Dezember um 22:10 Uhr
Maria schlief. Der Ochse schmatzte im Schlaf, der
Esel ließ einen fahren. Nur Josef lag wach. Was für ein

komisches Kind? Ein seltsamer Stern? Was für Narren,
die vor dem Kind knieten? Er trat ans Fenster und
stieß mit dem Kopf gegen das Holz. Kein Fenster?

»Verdammt,« dachte Josef, »wer hat diesen Stall
gezimmert?«

Etwas löste sich.

»Fenster, ich werde mich auf Fenster spezialisie-
ren.«

Erleichtert schlief er ein.

Samstag, 25. Dezember um 21:54 Uhr
Mit der massenhaften Fertigung von Fenstern war
Josef ein reicher Mann geworden. Sogar Römer ge-
hörten zu seinen Kunden. Er trug einen stattlichen
Bauch, einen würdevollen Bart und Maria bewun-
derte seinen Geschäftssinn. Nur sein Sohn machte
ihm Sorgen. Okay, niemand kniete mehr vor ihm,
aber stattdessen wetterte er im Tempel gegen falsche
Freunde, soziale Netzwerke und Statusmeldungen.
Hielt der sich etwa für Gott?

Montag, 27. Dezember um 19:32 Uhr
Jedes Jahr zu Weihnachten sterbe ich langsam in drei
Teilen. Ich bin der Held, der, um die Welt zu retten
(oder ein Hochhaus oder einen Flughafen), tausen-
de von Fenstern zerstört: mit MP oder Dynamit oder
indem ich einen ausgewachsenen Bösewicht durchs
Glas zur Hölle schicke. Ich tanze barfuß auf Scherben.
Gehen Ihnen Ihre Fenster auf die Nerven? Rufen Sie
mich an. Mein Name ist McClane, John McClane.

Ich stehe auf einer Brücke aus Traum und Schatten
und spreche eine Sprache, die kein Kino kann. Die
Stadt stöhnt, Flugzeuge kreisen, Züge fliehen die
Gleise. Wohin niemand fährt, dorthin bin ich unterwegs. Sogar Fenster können mir nicht folgen auf
dem Weg in ein Land, das weder Architekten noch
Metaphoriker bauen. Nur einer kratzt Schnee von der
Windschutzscheibe, und die Fortsetzung finden Sie
auf Disc 2.

Dienstag, 28. Dezember um 10:35 Uhr
   Durch meine Zähne geht der Wind
   Elben sind auch keine Lösung
   die Zahnarzthelferinnen stecken fest
   hoffentlich Allianz versichert?
   Ich spanne meine Ohren auf
   denn meine Flügel sind verpfändet
   und springe voller Zuversicht
   denn Blanchettes Cate
   schippt Schnee und Schicksal
   unter meinem Fenster

Mittwoch, 29. Dezember um 19:38 Uhr
   Die Fremden sind fremder als sonst
   die Kälte kälter
   die Jugendlicher sind grüner und grauer auch
   die Handrücken vollgestempelt bis zum Hals
   die Alten bleiben ganz zu Haus
   werden aber ohnehin nirgendwo mehr eingelassen
   die Fenster sind weißer als sonst

und die Obdachlosen obdachloser
Berlin babylonischer
und im Café Buchwald stapeln sich Torten
die es gar nicht mehr gibt
nur im Restaurant »Marjan«
sitzen Menschen wie auf Fleischplatten
von skeptischen Gardinen eingefasst

Freitag, 31. Dezember um 13:27 Uhr
Unser Leben war kurz
wir stießen kalt herab
und zeigten wie Nadeln auf euch
ab und zu kamen Männer
auf einer langen Leiter
zu uns herauf
schlugen uns ab
wir fielen an allen Fenster
vorbei wo manch einer
stand und uns bewunderte
ohnehin haben Kinder
einen gnädigeren Blick
auf uns und unser Tun
auf unsere Schönheit
jetzt tropfen wir uns zu
Tode und die Menschen
schleppen sich ins neue Jahr
und schießen sich frei

Samstag, 1. Januar um 13:02 Uhr
Viel Blei wurde vergossen
das Blut wurde verdünnt

damit es leichter fließe
an Tagen ohne Rauch und Rausch
dann nahmen wir uns an den Händen
und zeigten uns unsere
gut befestigten Zimmer
andere sangen Duell-Duette
vor hochauflösenden Bildschirmen
Hinter schwarzen Fenstern
standen die die
es besser wussten
und unten standen wir
unbelehrbar
mit feuchten Hölzern
und trockenen Wünschen

23:03
Ein Grad Außentemperatur
Eins Punkt Eins Punkt Elf
alte Frau wackelt nach Hause
in der Hand ein Glühwürmchen
nachgereichte Jahresrückblicke
auf Vox und Co
von meinem Fenster sehe ich
die TV-Wichtigkeitsmäuler, die
das Jahr wiederkäuen und dazu
grinsen, Jörges und Co
ich bin Putzmann und werde nicht froh
weil meine Salze und Säuren
nicht wirken nur brennen
Welt bleibt dreckig
der Kicker gegenüber
wird nie bespielt

ein I-Pad leuchtet
(und das ist keine Werbung)
Turmuhr, Wind, Autobahn rauscht und Co

Montag, 10. Januar um 10:26 Uhr
Das Luxus-Liner-Bullauge, das in Amsterdam abmus-terte, weil es dauerhaft seekrank wurde, heuerte in einer dortigen Peepshow an, jedoch nicht als Fenster, sondern als rotierender Präsentationsteller. Da aber auch dieser Posten ihm Schwindelgefühle verursacht, bewirbt sich das Bullauge nun als Rosette für das Por-tal einer ehrwürdigen byzantinischen Kirche.

Dienstag, 11. Januar um 20:14 Uhr
An meinem Fenster steht eine Larve, die ich sein könnte, wenn sie »Ich« sagen könnte. Bin ich's? Seit-dem ich über die Gabe verfüge, mich den Passanten ichschmelzend mitzuteilen, bleibe ich immer öfter ohne mich zurück. Da kommt die Dame mit dem Hündchen (wasserstoffblond), die Hausbesitzerin, die ihre Mieten anhebt, wenn sie verliebt ist. Ich bin dann mal Ich und weg!

Mittwoch, 12. Januar 2011 um 09:23
Der Weihnachtsbaumabholer-LKW wütet unter dem Fenster. Der Fahrer bedient eine Baggerschaufel, de-ren zackiges Maul die Bäume aufklaubt, zusammen-staucht und dann auf den LKW wirft. Dann drückt die Schaufel noch einmal auf die Abgehalfterten, es kracht wie Genickbrüche im TV. Ein PKW, einge-

klemmt zwischen Weihnachtsbaumentsorger und Papiermüllentsorger, hupt wütend. Frau steigt aus, stürmt auf den Genickbrecher, wildes Gestikulieren. Der Hitman zeigt auch auf seine Uhr, tippt sich an die Stirn und verrichtet ungerührt sein Werk. Die Frau kapituliert, steigt wieder ein, aber der Auspuff ihres Wagens vibriert vor Zorn.

Donnerstag, 13. Januar um 08:07 Uhr
Meine Hautärztin ist nie um eine Lösung verlegen. Ich winke ihr von meinem Fenster aus zu und denke, wie freundlich sie mir die Hand salbte. Aber was ist das? Die Frau an ihrer Seite, die immer zu tief bohrt, ist zweifelsfrei meine Zahnärztin. Ich möchte die Wurzelstürmerin nicht ermutigen und trete ins Zimmer zurück. Hoffentlich ist meine Hautärztin nicht irritiert. Sie ist so ein schnell einziehender Mensch.

Freitag, 14. Januar um 22:33 Uhr
Der Mann, der vor Ihnen am Fenster steht, würde sich jederzeit für Sie in die Tiefe stürzen, sofern Sie es verdienen. Ihre Verdienstmöglichkeiten sollten bei Betrachtung dieser selbsterforschenden Frage allerdings keine Rolle spielen. Wie auch der Mann am Fenster hinsichtlich seines Sturzes keine Einnahmequellen ins Auge fasst.

Samstag, 15. Januar um 14:47 Uhr
Er steht mit verschränkten Armen auf dem Balkon. Im Mund eine trockene Zigarette. Vielleicht findet er

auch, dass das Präsens weniger heroisch ist. Er sehnt
sich nach dem salzigen Auge einer Möwe. Wie auch
immer. Er weiß, dass die Straße keine Insel ist. Er verschwindet und ich höre, wie die Fensterflügel anein-
anderstoßen.

22:13 Uhr
    Wir sind jetzt Freunde
    derweil hat der Dritte Weltkrieg begonnen
    es sind die Autos
    die mir Sorgen machen
    und der Regen der die Gartenmöbel aufweicht
    der Weltkrieg eher nicht
    der schleicht und erwischt jeden
    sogar mich am Fenster
    der sich die Haare mit der
    Schermaschine seines Vaters so kurz geraspelt hat
    dass ihn die Nachbarn für einen Soldaten halten
    Jetzt, sage ich, ziehen sie schon
    die morschen Jahrgänge ein

Sonntag, 16. Januar um 17:01 Uhr
    Ich fische am Fenster
    doch meine Maschen
    sind zu groß zu groß
    für das was draußen
    sich abspielt an
    wortlosen Küsten

Montag, 17. Januar um 09:56 Uhr
Der Mensch
ist wie er ist
und weil das so ist
kann kein Mensch
diesen Satz notieren
soll doch das Fenster
Skeptizismus servieren

10:07 Uhr
Sie laufen um die Wette
der Montag bläut sich ein
nur ich steh noch am Fenster
und trink der Straße Wein
ein Bellen
ein Läuten
ein Zwitschern
hydraulisches Jaulen
Briefträger in Gelb
Nachbar in Rot
Müllmann in Orange
Mädchen in Grün
das soll mein Frühstück sein

Mittwoch, 19. Januar um 22:05 Uhr
»Ist wirklich schon alles gesagt, Fenster?«

»Wie könnte bereits alles gesagt sein, wo noch nicht alles gelebt ist?«

»Du? Du siehst doch nichts von der Welt!«

»Wozu brauche ich die Welt, wenn ich diese Straße habe!«

»Diese? Oder täte es eine andere auch?«

»Jede Straße geht ihren eigenen Weg, auch wenn
sie Müller oder Meier heißt.«

»Du meinst, wir sollten reden?«

»Malen!«

Donnerstag, 20. Januar um 17:07 Uhr
Romantisch sind wir erst ab acht
und was von den letzten Dingen blieb
liegt im Keller hinter den alten Fenstern

20:18 Uhr
In die Liste der staatlich anerkannten Ausbildungs-
berufe wird rückwirkend ab dem 1.1.11 der Fenster-
verunreiniger aufgenommen. Für die lebenslange
Ausbildung sind Steh-, Seh- und Stammelvermögen
erwünscht.

Freitag, 21. Januar um 08:56 Uhr
Nur eine Hand lässt sich sehen
taucht hinter der Gardine auf
und legt etwas aufs Fensterblech
schneller Rückzug
in den Ecken des Schlafzimmers
knäuelt sich Staub und weht bald
geisterstadthaft durch die Wohnung
ich lass ihn, den Staub, und sehe mich
schon wehend durch die Straßen fegen

Samstag, 22. Januar um 21:06 Uhr
Ich bin im Fenstercamp. Holt mich nicht raus!

Sonntag, 23. Januar um 16:46 Uhr
In Jogginghose am Fenster stehen?
Was soll's!
Bin der Typ ohne Unterleib am Fenster
Von links kommt jetzt der Mann
der immer von links kommt
und immer raucht
und immer an der Kreuzung vor dem
orangenen Mülleimer stehenbleibt
und seine Zigarette entsorgt
ein Auto hält
drei steigen aus
sehen hoch
und ich rufe
»Gell, meine Jogginghose seht ihr nicht? Oder?«
»Sintwer Berlin? Oder wat?«
»Sint Berlin!« grunze ich und zieh die Hose hoch,
dass es kneift im Gehirn und im Schritt (was
ja bekanntlich kaum zu unterscheiden ist).

Montag, 24. Januar um 11:46 Uhr
Was ist ein Ehebruch schon gegen Fensterbruch?
Sie tragen ein rotes Sofa hinaus
Spatzen schreiben keine Pastorale
Umzugswagen drängeln sich
mein Hals tut weh
und der Pfarrer wirkte auch schon mal
himmlischer

mein Staunen füllt die Mittagsstunde
und alle sehen so aus
als trügen sie Tabletten
unter der Zunge
die nicht helfen

13:49 Uhr
Der dubiose Begründer der umstrittenen Window-Leaks-Plattform Körner ist über Nacht ergraut. Derzeit untersucht Interpol sein schlohweißes Haar. Körner, gegen den mittlerweile auch der Ex-Fußballnationale Uli Borowka wegen Verleumdung vorgeht, beteuert: »Ich habe nicht gefärbt!« Borowka dazu: »Ich brech ihm die Beine!«

Und die *Bunte*: »Was uns sein weißes Haar verrät!«

Dienstag, 25. Januar um 10:38 Uhr
Frühling flattert
Frauen schauen
nicht mehr in den
Spiegel sondern
auf Displays
Männern schauen
nicht mehr nach
Frauen sondern
auf Displays
ich schaue aus
dem Fenster
und sehe
aufgespannte Schirme

15:28 Uhr

Obwohl ich täglich mehrfach meinen Oberkörper kentaurengleich aus dem Fenster biege, um mein Oberstübchen zu lüften, befinden sich weite Teile meines Gehirns bereits in der Seniorenresidenz. Gleich morgen werde ich mein Pflegeversicherungsvermögen aufstocken.

17:04 Uhr

Hallo! Ich bin ein ukrainisches Fenster! Ich liebe deutsche Fenster! Ukrainische Fenster sind anschmiegsam, familienbewusst, zärtlich und sehr tolerant. Es wäre mir eine große Freude, wenn wir durch mich hindurchsehen könnten. In meinem Herzen schreibe ich deinen Namen schon jetzt nur in Großbuchstaben. Warte nicht länger! Komm! Klick mich an! Ukrainische Fenster warten auf dich! In großer Zahl! Ukraine! Komm!

Mittwoch, 26. Januar um 08:23 Uhr
    Die Arbeit ruft
    das Bett brüllt
    das Fenster gurrt
    Hals kratzt
    Herz plimplumplimplum

16:45 Uhr
    Ich gehe zur Post
    Ich kaufe eine Tafel Schokolade
    Ich lese die letzten Erzählungen

Ich höre nicht auf die Leute
die aus ihren Fenstern hängen
wie feuchte Waschlappen über
dem Rand der Badewanne
Ich werfe die Briefe ein
Ich warte auf Antwort
Ich sehe wie das Rathaus
Rauchwolken ausstößt
Ich denke an Vorfahren
Ich leere den Briefkasten
Ich stelle der Joggerin
eine Frage kein Bein
Warum? Wozu? Wohin?

Freitag, 28. Januar um 09:45 Uhr
Häng am Leben.
Häng am Fenster.
Häng am Tropf.
Häng an euch.
Häng an der Straße.
Häng am Verwackelten.
Häng an Lippen.
Häng an Lügen.
Häng dich höher!

09:52 Uhr
Sämtliche Zufahrtswege
zum Himmel
sind gesperrt
bitte benutzen
Sie Ihr Fenster

10:04 Uhr
Das Fenster ist der Park der Kurzangebundenen.

Samstag, 29. Januar um 10:03 Uhr
Das Fenster, es hat mittlerweile das 2. Semester im
Fernstudiengang Philosophie absolviert, fragt sich:
»Warum sollte Gott ein so schadhaft-endliches Wesen
wie den Menschen herstellen? Will er seinen Ruf rui-
nieren? Und warum sollte der Mensch ein so unend-
lich vollkommenes Wesen wie Gott erfinden? Will er
sich das Leben versauen?«

23:02 Uhr
    Das »Aktuelle Sportstudio« macht mich krank,
    die Musik, die Moderatoren, der Beifall,
    die Interviews, die Torwand, der Wintersport.
    Ich bitte um die vollständige Erlösung der
    Menschheit vom Wintersport im Fernsehen.
    Ich schalte ab, geh zum Fenster und versuche
    mir vorzustellen, wie die Tore gefallen sind.

Sonntag, 30. Januar um 11:47 Uhr
Weil das Fenster schwindelfrei ist, schwindle ich um
mein Leben.

21:14 Uhr
    Wo eine Straße endet und beginnt
    darf man nicht den Stadtplänen
    oder den Hausnummern überlassen

An der Stirn unserer Straße glimmt
gelb-grünliches Kneipenlicht
»Zur Kogge« heißt das Tresenschiff
wo wir uns hinter Bleiglasfenstern
gegen die Zumutungen des Tages
mit knappen Gesten und
feuchten Kehlen wehren
Noch ein Pils bitte!

Montag, 31. Januar um 13:24 Uhr
Das Fenster und ich
treiben autopoietisches Petting
Wir fummeln um zu fummeln
Damit wir auch morgen noch
kraftvoll fummeln weil wir
es uns wert sind weil wir
jeden Tag ein bisschen besser
fummeln wollen
schwer gefummelt

Dienstag, 1. Februar um 18:35 Uhr
Sonne ist das Aphrodisiakum des Fensters.

Mittwoch, 2. Februar um 17:24 Uhr
Ich steh am Fenster
niemand fordert meinen Rücktritt
niemand verbrennt mein Bild
niemand wirft mit Steinen
niemand prügelt meine Wächter
und auch meine Panzer stehen

still und unsichtbar
Trotzdem wackelt mein Thron
den ich jeden Tag mit den
besten Absichten besteige

Donnerstag, 3. Februar um 10:57 Uhr
Ich habe eine federleichte Novelle
geschrieben
ihr könnt sie lesen
wenn ihr barfuß,
auf Zehenspitzen
ans Fenster tretet
und den Atem an die Scheibe werft

22:51 Uhr
Am Fenster am Fenster
da flitschen Gespenster
ihre Kiesel über die Schläfer
als wären es spiegelnde Seen

Freitag, 4. Februar um 15:51 Uhr
Lesen Sie heute die freimütigen Bekenntnisse des ver-
lorenen Fensters:
»Wie man sich ein Grab schaufelt
und dennoch nicht zur Ruhe kommt«

20:24 Uhr
Das Gesicht des Fensters zeigte Spuren aufblühender
Hoffnung. Die Luft war lau, der Schnee geschmolzen

und die letzten Weihnachtsbäume waren abtransportiert. Auch der scharfkantige Rollsplitt war verschwunden. Es musste, zwischen Winter und Frühling, eine
weitere Jahreszeit geben. Das Fenster entschloss sich,
sie Lindling zu nennen. Alle Gläser lächelten.

Montag, 7. Februar um 18:27 Uhr
Unter dem Fenster ging heute der Regisseur vorbei,
der sich auf gebührengestützte Melodramen spezialisiert hat. Er trug den Mantel offen, seine Löwenmähne zottelte im Wind und die Mantelschöße wogten,
so als ob neue Dramen sich unter ihnen zusammenballten. Er sah ein kleines bisschen magerer aus.
Kleines bisschen.

Dienstag, 8. Februar um 14:48 Uhr
Wenn die Fenster T-Shirts tragen.

17:40 Uhr
Eine obdachlose Wolke und mein Fenster streiten
sich. Ich verstehe nicht, warum mein Fenster die Wolke mit Gottesbeweisen traktiert, wo doch die Wolke
mehr Übersicht haben müsste? Allerdings gebärdet
sich die Wolke derart atheistisch, dass sie mir recht
flüchtig vorkommt und ich dem Fenster zutraue, dass
es seine Gotteszuversicht nur spielt, um den aufgedonnerten Atheismus der Wolke zu konterkarieren.
Jetzt mischt sich auch noch der Rathausturm ein: Ich
steige aus und schreibe weiter.

Mittwoch, 9. Februar um 09:22 Uhr
Fensterputz
> Die Pflegekraft streift die Glut ihrer Zigarette
>> sorgsam an der Schuhsohle ab und verbringt
>> die Restzigarette ins Autoinnere
> der Hundehalter klaubt die Hinterlassenschaft
>> seines Hundes auf
> ein männlicher Treppenhausreiniger schultert
>> einen Staubsauger dessen Kabel über den
>> Bürgersteig schleift
> eine Frau wirft ihrem Mann eine zärtliche
>> Abschiedsgeste zu
> ich werfe die kleinen Fische zurück ins Wasser

20:13 Uhr
> Sogleich begebe ich mich in die Klinik
> aus Wolken und Worten
> die Nacht vorm Fenster
> schaut herein und findet
> mich mager im Schatten
> meiner dürren Taten
> was mir fehlt ist ein Regen
> der mir den Kopf wäscht
> Was machst du gerade?

Donnerstag, 10. Februar um 22:48 Uhr
> Jetzt wo die Nacht vor Anker gegangen ist
> spiegelt sich die Kugellampe wie ein blasierter
> Mond im Fenster
> gleich darunter leuchtet mein Schädel
> etwas weniger erhaben, aber auch kahl

und plötzlich verstehe ich, Genosse Mond
was eine Schädelfinsternis ist

Freitag, 11. Februar um 15:03 Uhr
Beim Blick aus dem Fenster töte ich einen Hund.
Schuldigung! Kommen Tiere eigentlich in den Himmel und wenn ja in welchen? Haben Tiere, die wir
schlachten, ein größeres Himmelsanrecht als wilde
Tiere, die, bevor sie getötet werden, andere Tiere getötet haben? Töten Tiere zum und mit Spaß? Glauben Tiere an Gott? Ist Gott Vegetarier? Ist die Bibel
nur geschrieben worden, um den Menschen als das
schlachtende Tier zu inthronisieren? Können Tiere
aus der Kirche austreten?

17:26 Uhr
    Ich gehe
    mein Hubschrauber wird
    ihnen noch einmal die Hände schütteln
    von meinem Fenster betrachte
    ich die klagende Menschen die mich
    zum Bleiben bewegen wollen
    O herrliche Pyramide O Pharao bleib
    rufen sie aber ich muss mich
    eilen denn man braucht mich
    dringender an einem anderen Ort

Samstag, 12. Februar um 19:10 Uhr
    Plötzlich fliegt die Torwartlegende
    an meinem Fenster vorbei

und lenkt den Ball um den Pfosten
er steht auf und klopft den
Staub von den Knien und Pranken
und ich ließ den Ball schmählich
durch die Arbeitshandschuhe flutschen
die ich trug als ich es einmal versuchte
das Kind auf dem maulwurfsgeplagten
Sportplatz

21:03 Uhr
Während alle auf den Schriftsteller warteten, der ihnen versprochen hatte, nach der Lesung in die Stierstraße zu kommen, beobachtete ich das Ehepaar Salz-
geber von jenem Fenster aus, an dem ich in den 90er
Jahren beinahe täglich gestanden hatte, und dachte,
dass es ein unverzeihlicher Fehler gewesen ist, diese
Einladung anzunehmen. Hätte ich nicht die Straßen-
seite wechseln müssen?

Sonntag, 13. Februar um 11:06 Uhr
  Boxer siegt
  Fallrückzieher gelingt
  Showmaster tritt ab
  Entertainer stirbt
  Fensterkongress tanzt
  Haut wird dünner
  Schneeflocken fallen von unten nach oben
  Tabellenführer und Tabellenfühler
  Wochenende meets Lebensende

Montag, 14. Februar um 09:36 Uhr
Ich lege mich ins Fensterbett und tue einen langen
Schlaf.

19:32 Uhr
Beim Blick in das Schaufenster fiel mir ein Paar
Scheuklappen auf. Ich erwarb es unverzüglich und die
Verkäuferin half mir, sie anzulegen. Hochkonzentriert
ging ich nun durch die Straßen, zerebrale Kapazitäten
enorm gesteigert. Ein Kind sagte zu seiner Mutter:
»Schau mal, Mama, ein Pferd mit Aktentasche!« Aber
das hörte ich nur. Innerlich konnte ich ein freudiges
Wiehern kaum unterdrücken.

Dienstag, 15. Februar um 17:29 Uhr
Die Schaufensterpuppe, die ich in einem Kreuzberger
Souterrain-Trödel kaufte, zeigt sich äußerst gelehrig, meinen Platz am Fenster einzunehmen. Neben nachdenk-
lichen und melancholischen Posen zeigt sie auf Wunsch
auch verschiedene Tat- und Willenskraft-Gesichter, Ei-
genschaften, die mir an den meisten Wochentagen abge-
hen. Frühmorgens, kurz nach Sonnenaufgang, beherrscht
sie zudem den Satz: »Es muss etwas geschehen!«

Mittwoch, 16. Februar um 00:02 Uhr
Ich möchte eine Zigarette rauchen in der DDR. Im
Fernsehen läuft ein »Polizeiruf«. Am Fenster sitzen,
am Kachelofen, auf eine gelbe Straße schauen, die
Schatten extrapolieren und am Morgen für dich zum
Bäcker gehen.

21:32 Uhr

Ein Paar bleibt lachend unter meinem Fenster stehen. Die junge Frau, die sich verliebt an ihren Freund schmiegt, zeigt ungeniert auf mich und sagt: »Mein Großvater tropfte auch aus dem Fenster!« Vermutlich halten sie mich für eine Installation, eine Puppe. Ich freue mich über ihre Unbeschwertheit, die mir frühlingshaft erscheint, und bemühe mich, großväterlich auszusehen. Dann schmiege ich mich an die Sterne.

Donnerstag, 17. Februar um 17:51 Uhr

Ich finde kein Fenster, durch das ich diese Geschichte verlassen kann. Sie betrachtet mich mit Abscheu. Liegt das an dem blutigen Wattepfropf in meiner Nase? Liegt es an meinem blauen Auge, aus dem Weltekel trieft? Oder liegt es an dem Mann, der vor mir liegt und sich nicht rührt? Gehört ihm die Waffe? Gut, 007 werde ich nicht sein, aber 008, 011? Die Wirklichkeit ist erbärmlich, wenn man auf den Bürgersteig blutet.

Freitag, 18. Februar um 16:19 Uhr

Dass eine Schneeflocke auf meiner Nase tanzte, als sie aus dem Fenster fiel, kann man nicht ernsthaft schreiben. Es wäre ja stilistisch ebenso unerträglich wie die Tatsache, dass das Leben unerträglicher ist als jeder Stil. Aber auch das spottet, so ausgedrückt, natürlich jeder Beschreibung. Am besten man steckt seine Nase nicht in solche Abenteuer aus Glas und Wort.

Der Kommissar lehnt seinen Kopf ans Fenster. Er, der Allzeitverletzte, kämpft gegen das Böse in allen und Allem. Der Wind streicht über Schonens Felder. Das Land stirbt, die Mörder töten mit Kugelschreibern. Und nur ein paar Psychopathen wollen sich Blut und spritzendes Hirn nicht nehmen lassen. Kaffee ist auch keine Lösung, der Kommissar trägt Trauer. Wo sich Zahn- und Weltschmerz guten Tag sagen, lebt er noch.

Samstag, 19. Februar um 09:32 Uhr
Ich stehe Kopf am Fenster
höre wie das Wasser in die
Heizkörper fließt und sehe
von hier unten nicht
wie der Mond den Kopf schüttelt
nicht die erstaunte Spinne
nicht den gebogenen Hals
der Lampe, nicht den Tau
auf den Stirnen, sie alle
fragen sich, wo das Leben
ins Reine schreibt und die
Blätter nicht zerreißt

Sonntag, 20. Februar um 00:18 Uhr
Eilmeldung: Karl-Theodor zu, von, nach, ab und auf Guttenberg räumt ein, dass die Hardrocker Angus und Malcolm Young seine Dissertation verfasst haben. Als Gegenleistung will Guttenberg Bon Scott, der nicht singen konnte, seine Stimme geliehen haben. Klassiker wie »Highway to hell« und »Let there

be rock« soll demnach der Freiherr eingesungen haben. Als Scott den Schwindel auffliegen lassen wollte, musste er sterben.

Dienstag, 22. Februar um 18:59 Uhr
Es ist freundlich, ich lasse meine nackten Füße baumeln. Mich freuen die befremdeten Blicke der Passanten, die es nicht gewohnt sind, nackte Füße aus einem Fenster im 3. Stock hängen zu sehen. Einer bleibt stehen und droht mit der Faust. Eine Frau zeigt mir einen Vogel. Ein Mädchen zieht seine Schuhe aus und läuft barfuß. Da nähert sich ein Schutzmann. Jetzt weiß ich, warum es Schutzmann heißt. Es ist Februar.

Mittwoch, 23. Februar um 12:35 Uhr
Eine Frau geht unter meinem Fenster vorbei.

Sie trägt einen knöcheltiefen Daunenmantel, den sie, trotz der bitteren Kälte, offen trägt. Sie scheint jeder metaphysischen Obhut und Bedürftigkeit entkleidet. Sie bleibt stehen, sie füttert die Spatzen mit Pinienkernen. 100 Gramm kosten 5,99 Euro. Ich beglückwünsche meine Augen und rufe: »Luxus, ihr Spatzen!« Die Frau sieht nach oben und sagt: »Jedem sein Himmelreich!«

20:51 Uhr
Eilmeldung: Hermes, Pressesprecher des Hades, teilte mit, dass es zwar richtig sei, dass Freiherr zu, von, auf und ab Guttenberg Klassiker wie »Highway to hell« eingesungen habe, dass aber Scotts Tod allein dessen Le-

ber verantworte. »Theo is an honorable man!« Hermes teilte ferner mit, dass Hades dem Freiherrn für seine Verdienste um den Rock'n'Roll den Doktor honoris causa verleihen werde. Pan und Persephone prüfen!

Donnerstag, 24. Februar um 23:40 Uhr
Fenster können sich nicht
aus dem Fenster stürzen
aber Anne Sexton lesen
und mit dem Fahrstuhl
zur Hölle oder
in den Himmel
fahren

Freitag, 25. Februar um 20:26 Uhr
Die Nacht spielt Akkordeon
und zeichnet mit feinem Blei
ein Land aus Schutt und Asche
in und auf mein Fenstertagebuch
das Skelett in uns sollten wir öfter
in Entscheidungen einbeziehen
es wäre friedlicher in aller Welt
jeder Deutsche, so das Statistische
Bundesamt, besitzt einen Schädel
und ein Haus aus Bein das lässt
hoffen

Samstag, 26. Februar um 12:34 Uhr
Ich werde nicht aufhören, euer Vorstopper zu sein
Ich bin Wilfried bin Hannes bin das alleinstehende

Auge das über euren Strafraum und Schlaf wacht
meine Bartspitzen kitzeln eure Knie und stehlen
den Ball den Dieben der Nacht, die Material
  gegen
euch sammeln, davon gibt es mehr
als ihr denkt, werde nicht aufhören
euer Vorstopper zu sein, seht nach draußen,
öffnet die Fenster, ich bin die Vier vor eurem
  Haus

21:08 Uhr
»Jeder geschlossene Raum ist ein Sarg!«, sagt Jochen
Distelmeyer, sage ich zu meinem Fenster.
  »Wer ist Distelmeyer?« sagt mein Fenster.
  »Ein Barde.«
  »Mit Bart?«
  »Glatt.«
  »Lebt der noch?«
  »Ja, wenn er sich nicht gerade in geschlossenen
Räumen aufhält.«
  »Hat er keine Beziehung zu Fenstern?«
  »Glaube, der hat's eher mit Diskurs-Disco«.
  »Gibt's Diskurse ohne Fenster?«
  »Öh.«
  »Is Diskurs bei Facebook?«
  »Ich such ma.«

Sonntag, 27. Februar um 21:49 Uhr
  Okay das sagt man jetzt so okay
  hier bin ich ob ihr wollt oder …
  ich kaufe das Brot an der Ecke

ich bin normal, normal ist ein krankes Wort
okay vielleicht hab ich einen Fehler …
als ich ihm den Kopf an den Haaren
nach hinten riss und ihn in die
Kniekehlen trat aber ’n bisschen
Gewalt hat doch noch niemandem …
okay okay war keine gute Idee
aber dieser Fenster-Affe …
okay wollt mich nur mal melden

Dienstag, 1. März um 17:58 Uhr
In dieser Stunde zwischen Licht und Schatten
in dieser Stunde zwischen den Jahreszeiten
in dieser Stunde zwischen Fenster und Tür
könnte ich alles empfinden
und jetzt fangen auch noch die Glocken an
zu läuten

18:03 Uhr
Die Frau von gegenüber
die Frau, deren Mann starb,
tritt auf ihren Balkon und ruft
herüber: »Ich zieh um!«
»Ach, nö! Wann?«
»Morgen!«
»Nö!«
Sie wirft eine Kusshand herüber.
Ich wische pantomimisch Tränen
aus den Augen.
»Wohin?«
»Bayerischer Platz!«

Sie winkt.
Zieht sich zurück.
Ich schließe das Fenster.
Die Wohnung ist schon leer.
Glockengeläute.

Mittwoch, 2. März um 13:44 Uhr
Drei Hunde, deren Namen, Rasse und Religion ich
nicht kenne, zuppeln einer rauchenden Frau hinterher. Man weiß nur selten, welcher Religion ein Hund
angehört. Die Litfaßsäule findet, dass man ihr zu
wenig Beachtung schenkt. Ich habe die Sonne noch
nie lachen sehen. Pfarrer Hastig eilt vorbei. Die Umzugswagen sind wieder verschwunden. Zurück blie-
ben: ein paar Kippen auf dem Bürgersteig und leblose
Fenster.

Donnerstag, 3. März um 08:24 Uhr
> Ihm, dem alten Kettenraucher, dem feisten
>   Allesbrenner
> sind alle Fenster und Augen egal, er stellt sich
>   zwischen
> Maulbeerbaum und Sicherungskasten und pisst
>   wie ein
> junger Hund ins Morgengebet. Dann schiebt er
>   ab, die
> Bierflaschen schlenkern im Leinbeutel und oben
>   wartet
> seine kleine kümmerliche Frau mit dem
>   Aschenbecher.

08:44 Uhr
Hätte ich gewusst, mit wem du schon alles in den
    Zeilen lagst,
nie hätte ich mich mit dir eingelassen, vielgelieb-
    tes Fenster, du.

Freitag, 4. März um 08:06 Uhr
Männer tragen Sonnenbrillen
Männer tragen Kinder
Männer tragen schwer
am Schicksal und am Leer
gut, dass Männer Frauen tragen
gut, dass Frauen Männer wagen
gut, dass Männer Fenstern klagen

Samstag, 5. März um 21:37 Uhr
Sehr geehrtes Fenster,
ich befinde mich in einer festen Beziehung.
Sie befinden sich in einer Mauer aus Stein,
Wind und Licht. Ich wünschte, ich könnte
uns entwirren. Sie tragen Brille, ich trage
mein Schicksal. Ich werde heute Nacht
zuhause bleiben und mit Ihnen deuten,
was fehlt zwischen den Sternen. Unser Weg
wird keine sieben Brücken mehr passieren.
Die Schauspielerin, der ich einst Blumen
überreichte, weil der Inspizient
mich schickte, ist auch schon Witwe.
Alles fällt, nur der Vorhang nicht.
Ich hoffe, dieser Brief erreicht Sie bei
bester Gesundheit, ich zumindest

kann endlos klagen.
Von Herzen
Ihr
Brieffreund

21:42 Uhr
Ich steige zum Kopfball ab
Ich grätsche ihm den Ball zu
Ich zeige mir die Rote Karte
Ich kratze den Schiedsrichter
von der Linie und versenke
den Torwart an der Eckfahne
Ich pfeife Zwölfmeter und
verwarne die Tribüne
Ich stelle mich ins Abseits
und lade den Hooligan zum
Pausentee
Ich trete meinem Gegenspieler
ins Blumenbett und juble
unter seinem Fenster: Ich fliehe
aus Berlin, ich fliehe aus Berlin!

22:18 Uhr
Ich lerne ein Gedicht auswendig
von Wisława Szymborska oder
vom Fenster. Solange es noch schreibt,
deute ich die Tabelle (1. und 2. Bundesliga)
und verhöhne die 32 Weisheiten auf den
Teebeutelfähnchen des Yogi-Tees:
»Du musst dein Haus verlassen,
um zu lernen!«

»Du musst deine Wege mit dem
Herzen gehen!«
»Musst dein Rasierwasser tauschen!«
»Dein Leben ändern!«
»Kürzer sein!«

22:25 Uhr
»Mein Comeback steht unmittelbar bevor«,
erklärte das Fenster vor seinem Rücktritt.
Das Unwort des Tages wurde von einem
32-jährigen Autofahrer erschlagen, der aber
auch 33 Jahre alt gewesen sein könnte. Die
Polizei wünscht dem Täter eine gute Reise
und dem Opfer eine Auszeit ohne Wiederkehr.

Sonntag, 6. März um 18:13 Uhr
Ich war so betrunken, wie man nur einmal im Leben
betrunken ist, nicht weil das Gift zu stark gewesen
wäre, sondern weil der Grad meiner Erleuchtung un-
fassbar war. Alles, was ich in diesem Moment wusste, schrieb ich auf einen Zettel, steckte ihn in eine
Flasche und warf sie aus dem Fenster ins Meer. Am
nächsten Tag entsorgte der Straßenfeger die Scherben.
Ein Kind hob den Zettel auf und las: »Lachen alle
Kälber!«

Montag, 7. März um 08:05 Uhr
Zehntausend Jahre nach den Menschen gibt es noch
Fenster, obgleich sich ihr Status verändert hat. Mon-
tage sind schon lange ausgestorben.

Dienstag, 8. März um 16:07 März
Mit geschlossenen Augen gegen die Sonne
auf dem Rad nach Hause fahren und eine
Katze, schwarz, passieren lassen, links vor
rechts, tausend ungetane Taten im Kopf
und dann ans Fenster auf ein Wort mit dir.

17:41 Uhr
Schweden. Ein Sommerhaus. Das Fenster fast blind
vor Staub, Spinnweb und Schmerz. Das Ohr, das auf
dem trockenen Boden liegt, ledern und braun, ge-
hörte einst mir. Ich verlor es im Kampf gegen die Or-
ganisation. Es bleibt ungesühnt. Der Spürhund leckt
Salz auf dem Gnadenhof. Der Kommissar ist auf Ren-
te. Sie werden versuchen, meine Zunge zu holen, aber
bevor das geschieht, werfe ich noch manchen Frosch
an die Wand.

Mittwoch, 9. März um 17:33 Uhr
Ich warte auf den Regen
Ich warte darauf dass das
Fenster mich öffnet aus
mir herausschaut und wie
zufällig einen lange vergessenen
Freund entdeckt
Das Fenster
ist so begeistert es vergisst
mich zu schließen und so
gelingt es mir endlich
den Wind zu umarmen

Donnerstag, 10. März um 21:32 Uhr
Ich betrachte mein Imperium. Ich sah es im Schaufenster eines asthenischen Krämers. Der Preis erschien mir schwindelerregend, aber schließlich trug ich es für unter zehn, ja ganz recht, zehn Euro nach Hause. Wohl nur selten besaß ein Mann meines Ausmaßes ein Imperium dieser Größe. Es ist alles vorhanden: Wasserfälle, Revolten, Tyrannenmorde, goldene Wasserhähne, Vielweiberei und Kerker. Das Imperium blickt zurück.

Freitag, 11. März um 17:39 Uhr
Fast alle Freunde sind Genies. Wenn ich ehrlich bin: Alle! Leider können sie ganz schlecht teilen. Für mich fällt nichts ab! Darüber ärgere ich mich wie Louis de Funès. Wenn sich irgendwo eine Schwarmintelligenz formiert, etwa jetzt unter meinem Fenster, könnt ihr sicher sein, dass ich nicht dabei bin. Ich sprühe Zorn und bin ganz grün. Deshalb wollte mich meine Frau gießen, aber das ist eine andere Geschichte.

22:48 Uhr
Dichters Dag
    Dichter dichten von 7–8
    Dichter dösen von 8–10
    Dichter denken von 10–10
    Dichter daddeln von 10–12
    Dichter doubeln Dichter von 12–14
    Dichter darben von 14–16
    Dichter dissen von 16–18
    Dichter debitieren von 18–22

Dichter debattieren von 22–24
Dichter drinken von 24–2
Dichter dekomponieren (sich und ihre Frauen)
    von 2–5
Dichter danken von 5–6
Dichter dementieren von 6–7
drollig

Samstag, 12. März um 17:22 Uhr
Annonce

Ein gut situiertes, akademisch verglastes Fenster, allein, jedoch nicht alleinstehend, sucht ein ebensolches zwecks gemeinsamen Himmelsstudiums, Wohnungsbesichtigung, Straßenkunde und Menschenbetrachtung. Trau dich! Nachrichten bitte an VH, 3. St. links.

21:22 Uhr

Fenster auf! Licht an! Noch hat kein Insekt dieses Jahr seinen Kopf ins Zimmer gesteckt. Warten! Auf Käfer, Mücken, Bienen, Fliegen, Wespen, Marienkäfer. Wer werde ich sein, wenn es so weit ist? Entomologe, Tierfreund, Killer, Beschützer, Witwenmacher, Ökologe, Krone der Schöpfung, Wurm? Einstweilen glühen nur die Rücklichter eines Autos und die Kerzen auf dem Tisch des Nachbarn.

21:55 Uhr

Ich möchte immer wieder samstags eine Figur sein, die dieser französische Schauspieler spielt, der immer alles verliert und in eine Badewanne voller Verzweiflung steigt, aber dann ist das Licht auf seiner Seite, die Kamera, die Fiktion, und eine Frau liebt ihn plötzlich, obwohl sie ihn lieber ohrfeigen möchte, weil er nur noch kaputt ist, aber er raucht diese eine Zigarette am Fenster, ehe ihn die Kugel erwischt. Cut!

23:22 Uhr
»Gerade ärgern mich die Bücher von Wilhelm Genazino!«

»Warum?« fragt das Fenster.

»Weil ich nicht weiß, welches ich noch nicht gelesen habe.«

»Mich«, sagt das Fenster, »ärgert gerade dieser lustlose Halbmond!«

»Warum?«

»Weil ich nicht weiß, ob ich schon mit ihm geschlafen habe!«

Sonntag, 13. März um 12:35 Uhr
Dieser Typ ist einen Blick aus dem Fenster wert. Zur sonntäglichen Dackelstunde flaniert er im leicht geschürzten Bademantel die Straße entlang, ihm folgt ein bohemehafter Pudel. Der Mann schmaucht eine Zigarre. Langsam setzen sich zwei Ordnungshüter in Bewegung und nehmen die Fährte auf. Leider biegen sie jetzt um die Ecke, da, wo die Stier- auf die Bennigsenstraße stößt und der vergessene Briefkasten träumt.

Montag, 14. März um 10:00 Uhr
Als ich heute morgen aus unruhigen Träumen erwachte und ein erster verquollener Blick das Fenster streifte, glaubte ich, für einen Augenblick die Umrisse des Eifelturms wahrzunehmen. Als ich meine Existenz im Badezimmerspiegel überprüfte, sah ich plötzlich Daniel Auteuil und als meine Frau aufschrie, wusste ich, dass die Verwandlung stattgefunden hatte.

12:28 Uhr
Hänge aus dem Fenster. Ein Auto fährt langsam vorbei. Ein Hund, im Auto, kläfft, heult. Es klingt wie von sehr weit her, betäubt. Ach so, Autos sind gar keine Fortbewegungsmittel, Autos sind Schallschutzkabinen für Menschen, die heulen, fluchen, reden, schreien und verwünschen müssen. Autos sind Diktaphone menschlichen Leids, die Lüftung ist das Mikrophon und der Motor verbrennt alles emissionsarm.

21:42 Uhr
»Deine Generation«, höhnt das Fenster, »setzt größere Hoffnungen in einen linksdrehenden Joghurt als in Gott!«

»Wundert dich das? Hat Gott eine Magen- und Darmsprechstunde? Hat er ein Wartezimmer?«

»Dein RTL-Zynismus verfängt nicht bei mir«.

»Meinst du, es gibt einen Fenster-Himmel?«

»Fenster sind Freunde, sie fallen nicht, auch wenn sie bersten«.

Dienstag, 15. März um 08:24 Uhr
Ich kehre ins Tor zurück. Ich werde Bälle halten, die
ihr im Traum noch nicht geschossen habt. Ich fliege
durch Fenster und Türen wie ein Titan. In meinem
Haar singen die Grashalme. Ich bin mein eigener
Fan-Club. Ich strahle eine Ruhe aus, die alle Gegner
lähmt. Wo ich halte, ist jeder Trainer entbehrlich.
Heute beginnt eine neue Ära. Ihr seid dabei.

09:31 Uhr
Es ist Tag wie gemalt, um unterzugehen. Ich sitze auf
meinem schwankenden Fenster. Die Medusa ist ge-
sunken, am Horizont türmen sich dunkle Wolken.
Bald werde ich anfangen, mich selbst zu verspeisen.
Jede Rettung kommt zu früh, ich möchte das Gemäl-
de vollenden, aber ich ahne, dass man mich aus dem
Meer zieht, bevor ich den Grund erreiche.

21:31 Uhr
> Ein hüftkranker Hund wird zum Abend
>   ausgeführt
> Ein herzkranker Alter schleppt sich zur Tankstelle
> Ein liebeskranker Student taumelt verwundet
>   nach Hause
> Ein lichtkrankes Fenster sucht den Schutz der
>   Dunkelheit
> Ein grippekranker Pizzabote parkt im absoluten
>   Halteverbot
> Ein geisteskranker General kommandiert die
>   Parkautomaten

23:03 Uhr
Ich lege mein Ohr ans Schaufenster der Buchhandlung. Ich höre die Schriftstellerin. Ich bin Synästhetiker. Ich sehe sie mit dem Ohr. Sehe die Wasserkaraffe,
sehe den Stuhl mit Löwenköpfen, sehe ihren Palast
aus Haar, sehe ihre dunkle Stimme. Sehe das silberne
Publikum. Sehe ein Lachen. Nur den Buchhändler,
der plötzlich neben mir steht, mich am Ärmel zupft
und den Störenfried des Ortes verweist, den sah ich
nicht.

Mittwoch, 16. März um 17:25 Uhr
    Die Menschen ziehen die Köpfe ein wie
       frostfürchtende Knospen
    Ich spreche zum Fenster hinaus um Straße und
       Silben zu kosten

Donnerstag, 17. März um 23:20 Uhr
    Verdirb mir nicht den Spaß
    erzähl mir nicht den Film
    gib mir keinen Kuss
    verdirb mir nicht den Spaß
    erzähl mir nicht was du siehst
    am Fenster und auf der Straße
    verdirb mir nicht den Spaß
    lass mein Herz bitte nicht klopfen
    lass mir bitte meine schlechte Laune
    bitte bitte verdirb es mir nicht
    mein Beet aus Stein und Glas
    meine alten immer gleichen Fragen

Freitag, 18. März um 18:07 Uhr
»Hallo, hier Fenster. Wer spricht?«
    »Ich bin's.«
    »Was gibt's?«
    »Bin im Supermarkt, soll ich was mitbringen?«
    »Ja, Zugvögel.«
    »Und sonst?«
    »Zuversichtliche Passanten, Sonne, sieben oder
acht Mauersegler, ein regenbogenglänzendes Liebes-
paar und ein Ensemble verstohlener Gesten.«
    »Okay! Falls dir noch was einfällt …«

Samstag, 19. März um 15:33 Uhr
    Weltgeschichte ist Straßengeschichte
    Sonne weint Regen lacht
    Kinder verkaufen Playmobil-Figuren
    und stellen die Apokalypse nach
    der Scharfschütze lauert am Fenster
    woanders wird geschossen

17:59 Uhr
    Ich brenne darauf
    das Fenster anzuzünden
    warum heißt es Rundfunk
    wer spricht wer spielt wer schießt
    wo ist Podolski? Wo ist der Ball?
    die gelben und roten Karten
    flattern aufgeregt durch milde Lüfte
    die Toten suchen die Räuspertaste
    und jetzt bitte Schlusskonferenz!

Montag, 21. März um 12:51 Uhr
> Die Straße stand, vier Stockwerk hoch, in
> Flammen.
> Ich erklomm die Leiter aus rot bleckenden
> Zungen,
> und rettete mich durchs Fenster ins Zimmer, wo
> mich
> Asche und Rauch umarmten. Während die
> Feuerwehr
> Sprungtücher für die Lebensmüden spannte
> schrieb ich an die Wand mit glühenden Händen
> einen Reiseführer für falschparkende Seelen.

Dienstag, 22. März um 14:53 Uhr
Vorgestern besuchte ich ein oberbayerisches Beinhaus.
Durch die Fenster pfiff der Wind, einige Schädel waren umgefallen. Wie wäre es, wenn wir uns von Zeit zu Zeit an den Schädel klopfen? Hallo, altes Beinhaus! Oder ein kleines Fenster in Haut und Haar ritzen? Der Pfarrer tätschelte einem besonders wulstigen Kopf liebevoll das Dach: »Na, alter Freund!«

22:36 Uhr
Freiwillige Selbstkontrolle Fenster (FSF): Das folgende Fenster ist für Zuschauer unter 18 Jahren nicht geeignet.

22:37 Uhr
> Ich hab die Nachbarn belästigt
> ich hab mein Image gefestigt

ich hab ein Lied geschrieben
und es mit der Straße getrieben
ich bin vor die Hunde gegangen
mit Katzen nie was angefangen
ich hab aus dem Maul gestunken
dem Leben Lebwohl gewunken
die Fenster mit Steinen zertrümmert
und mich nicht ums Ende gekümmert

Freitag, 25. März um 23:30 Uhr
Die Amsel landete sicher auf dem Fenstersims und lieferte das Ich, das ich im Warenhaus »Selbst & Söhne« bestellt hatte. Es handelt sich um ein kleines Ich, daher passte es gut in den schmalen gelben Schnabel. Es war mir wichtig, ein unscheinbares Ich zu erwerben, daher hatte ich bei Zustellung auf dem gefiederten Weg auch auf Schmuckbordüre und Dufthäubchen verzichtet. Die Amsel winkte lässig mit dem Flügel.

Samstag, 26. März um 12:47 Uhr
Die Klobrille ist das Fenster des Allerwertesten.

19:50 Uhr
»Seitdem Gott unter die Nichtraucher gegangen ist«, klagt das Fenster, »ist der Himmel wolkenlos!«
    »Das hält kein Mensch aus.«
    »Und kein Himmel.«

Sonntag, 27. März um 10:08 Uhr
Die Schauspielerin, die in allen Straßen der Welt sofort erkannt wird, kann völlig unbelästigt die Stierstraße passieren. Keines der hier ansässigen Fenster sieht fern. Sie lesen. Franzen, Flaubert, Proust, Mann, Bibel, Wallace, Gaddis, Updike, Doderer, Nabokov, Benn, Johnson und son Kram.

20:54 Uhr
Man kann in Betten liegen und in Fenstern
und reden bis es weiß wird und wahr
und alte Gespenster sich verbeugen
vor unserm leuchtend kalten Haar
Bis eine späte Flocke im April
den Winter auf die Reise schickt
und wir im Schatten tauber Tage
auf Knien unsere Sterne suchen
Am Morgen dann weiß niemand weiter
und Telefone türmen sich im Hof
ein Schrei, ein Blick, ein Brief auf Glas
schlaf weiter bis wir frieren
Es ist kein Himmel was uns traf

Montag, 28. März um 23:06 Uhr
Es wird sich, es ist keine Tür und kein Fenster,
    etwas öffnen.
Ein Wind geht über allem.
Ein Traum fällt, ein Lachen steigt.
Es regnet Silben. Hören Sie bitte genau hin.
Nichts bleibt, wie es liegt.
Ich bin's.

Das Fenster liefert Gesichtsausdrucke und Gesichts-
kopien in hochprofessioneller Auflösung. Niemand
mehr geht verloren.

Mittwoch, 30. März um 23:12 Uhr
    Die Dame, die in dem Fenster der Nr. 15 wohnte,
        ist fort.
    Mit Flügeln aus Eulen, Schmetterlingen,
        Nachtfaltern oder
    was weiß ich aufgebrochen, hastig. Die
        Umzugswagen taten
    sich schwer, ihrem Flattern zu folgen. Die
        materialistischen
    Möbelpacker, schnauzbärtig alle, folgten ihrem
        metaphysischen
    Leuchten. Der Durst teilt mich auf unter ihnen,
        ich rinne hinab,
    ihre Kehlen mein Grab.

Donnerstag, 31. März um 15:47 Uhr
    Dieses Zick-Zack der Fledermäuse
    diese zerflatterten Wege nicht einmal die
    können wir fassen selbst wenn sie uns
    an uns selbst erinnern wie wir durchs
    Leben gehen, an Türen und Fenstern stehen
    wie wir Worte setzen nicht einmal das
    bekommen wir hin, schreibend
    den Augenblick im Flug zu schnappen
    mit Schnabel und Stift

23:34 Uhr

Ich stehe an einem Fremdfenster.
Unter mir das Meer oder das alte
»Was-ihr-wollt!«. Ein Köter kläfft.
Die Frau, die sich dort drüben im
hellen Schein all ihrer Lampen
auszieht, kann unmöglich mich meinen.
Ihr nekrotischer Tabledance lässt mich kalt.
Bin ich das dort in der Urne?

Freitag, 1. April um 22:35 Uhr

Das ist wahr:
Ich stand am Fenster und kotzte,
»würgen« hätte besser geklungen,
aber die Sache nicht getroffen.
Dann ohrfeigte ich den Gastgeber
und erntete verhaltenen Applaus.
Es ist wahr:
Ich liebe Jennifer Love Hewitt
und werde bei ihr sein, wenn sie
ins Licht geht und lügt.

Samstag, 2. April um 10:02 Uhr

Es ist Samstag.
Die Säcke mit dem Herbstlaub stehen bereit.
Der Junge kratzt mit der Fußspitze an einigen
    formicalischen Lebenswegen herum.
Unterm Fenster geht die Vernichtung der Welt
    weiter.

Es ist Samstag, die Leichen können nicht
    geborgen werden,
aber zum Markt können wir gehen und einen
    Espresso Macchiato trinken.
Wer strahlt?

Sonntag, 3. April um 19:43 Uhr
Nachdem ich mir den linken Daumen abgeschlagen
und ihn aufs Fensterbrett gelegt und den handlos-blu-
tigen Däumling eingehend betrachtet hatte, schlug ich
mir natürlich auch noch den rechten Daumen ab, was
mir wegen der Verwundung verständlicherweise weit-
aus schwerer fiel als die vorangegangene Entfernung seines Bruders. Jetzt drücken sie einander bis aufs Blut.

20:00 Uhr
Ich war in Friedrichshain. Da stehen stiernackige,
tätowierte, beringte, besteinte und gekerbte Männer
vor den Türen. Nur wer ihnen mit der Axt die Stirn
spaltet, darf eintreten. Ich tanzte auf vier Bühnen und
auf drei Stockwerken und die Musik wurde immer
härter. Ein allmächtiges Grunzen lag in der Luft, die
Emos und Gothics peitschten sich blutig, die Gitarren sägten Steine. Luzifer wischte die Toiletten und
ich, der Fensterhüter, ließ nur diejenigen springen,
die wussten, was sie tun.

Dienstag, 5. April um 12:27 Uhr
Ich habe keinen Ehrgeiz.
Der Geschirrspüler ist kaputt.
Die Sonne brennt ein Loch in meine Kleidung,
    am Fenster.
Meine T-Shirts sind aus der Zeit gefallen.
Da geht der pensionierte General vorbei
ein Mann von altem Schrot und Korn,
geschwätzig wie ein Spatz.
Der Pornoarbeiter muss heute mal nicht
    kommen, Absatz.
Da wechselt einer den Reifen.

Mittwoch, 6. April um 08:59 Uhr
Basteln Sie sich ein Schicksal!
Stellen Sie sich ans Fenster,
nehmen Sie die Schere und
schneiden Sie da und dort
etwas für sich heraus aus dem Salat!
Gerüstbauer, Politesse, Anwalt
oder Arzt gefällig? Schlurfer, Bauer,
Edelmann, Betrüger, Oboist, Straßenfeger?
Kettenraucher, Dichter, Therapeut, gefallener
Engel? Dieb, Monteur, Kindergärtnerin,
    Pensionär?
Agnostiker, Rüpel, Kind, Alimentierter?
Schneiden Sie sich!

Donnerstag, 7. April um 09:21 Uhr
Zwei Handwerker tragen einen leeren Fensterrahmen
Der Musikproduzent trägt einen Kasten Bier
Der Stapel flatternder Papiere trägt unseren Pfarrer
Die Tagesmutter trägt ein Windelkind
Die Bäume tragen das erste grüne Kleidchen
Der Richter trägt schwer an seinem Bauch
Der Physiotherapeut trägt eine neue Liege
Der Hund trägt ein räudiges Fell
Der Pornomann trägt eine Sonnenbrille
Ich trage mein altes buntes Leidchen

Freitag, 8. April um 15:48 Uhr
Ein bisschen Telefon
ein wenig Internet
die Zeitung raschelt
das war sein Bett
am Fenster stand er
von Fall zu Fall
für Augenblicke
fühlt er das All
die Zähne wackeln
das Herz ist schief
es war ein Mensch
der da entschlief

Samstag, 9. April um 21:21 Uhr
Fenster
Auge
Mund
und Ohr
Linse
Ventil
Rahmen
Tor
außen
innen
Schutz
und
Scham
fassen
lassen
Filter
Falter
Licht
Alarm
Luftlust
stehen
gehen
flehen
Brücke
Band
das ist
Fensterland

Sonntag, 10. April um 17:10 Uhr
Du blätterst im Buch
Du reibst dir den Bauch

Du weißt ohne dich
gelänge es auch
das Leben es lebt sich
so schwer und so leicht
Du schaust aus dem Fenster
erschrickst und erbleichst
denn das Draußen verzichtet
auf dich und dein Reich
es lebt sich so einfach
es lebt sich so leicht
für alles da draußen
ist alles ganz gleich

Montag, 11. April um 08:58 Uhr
Die Stolpersteine glänzen wieder
Die Frau mit der Perücke macht
sich auf den Weg
die Alten kommen
die die nur noch »Mutti!« sagen oder gar nichts
werden ein- und ausgeladen
die Montagsluft hält Einzug in die Zimmer
die Fenster bieten Hoffnung feil
Maschinen, Kinder, dürre Hunde
es ist dein altes Einerlei

22:19 Uhr
Mein Fenster und ich unterziehen uns einem
    Stresstest.
Haben wir eine Zukunft?
Haben wir Kredit?
Gibt es Fortsetzungen?
Forderungen?

Gläubiger?
Keller voller Leichen?
Der Revisor lacht und trinkt,
seine Aktentasche tickt.
Nicht mehr weit.
Alles fällt, nichts bleibt liegen.

Donnerstag, 14. April um 08:22 Uhr
Rollermädchen auf dem Weg zur Schule
Ordnungsamthostesse klemmt Lyrik hinter
    Schweibenwischer
der Pfandflaschensammler hält jemanden für
    Leergut
der Zeitungszustellerersatzmann hadert mit
    seinem papierenen Schicksal
der Pflegedienst parkt im Salon Demenz
die Architekten lassen den Kopf auf den
    Schreibtisch sinken
das Fenster öffnet alle Türen

Freitag, 15. April um 08:46 Uhr
Ich massakriere mein Knie
ihr findet das nie
ich verscharr es im Dreck
geb's den Mäusen als Speck
schließ das Fenster olé!
Piss ein Loch in mein Weh
werf' den Satz auf das Blatt
und der Henker sagt »Cut!«

Sonntag, 17. April um 20:41 Uhr
Ich sehe auf meine Hände
und kann mich nicht entscheiden
ob sie wie gefrorene Fischstäbchen
oder doch wie rostige Nägel aussehen
am Fenster wartet niemand auf mich
nur meine bleiche Stirn und meine Nase
spähen wie Kilroy über den Rand des Computers

Montag, 18. April um 13:47 Uhr
Der alte Mann im Dachgeschoss steigt auf einen Hocker und putzt die Balkonfenster mit einem blauen Tuch. Ab und zu stemmt er die Arme in die Hüften und betrachtet den Himmel. Wie oft wird er noch Fenster putzen? Wie oft noch werde ich ihm zusehen? Seine Armbanduhr reflektiert die Sonne ebenso wie sein Schädel.

Dienstag, 19. April um 18:34 Uhr
Als ich soeben meinen Kopf aus dem Fenster steckte, ließ sich ein Vogel auf ihm nieder, was mich in meiner Vermutung bestätigte, dass meine Frisur einem Nest nicht unähnlich sieht. Eine tiefe, dünn beflaumte Mitte wird von strubbeligen hochaufragenden Wänden eingekreist. Leider war es mir unmöglich, die Vogelart zu bestimmt. Eine Krähe war es jedoch mit Sicherheit nicht. Eher ein Gimpel.

Mittwoch, 20. April um 09:00 Uhr
> Die französische Tagesmutter fährt heran:
>> très chic!
> Sonne!
> Alle Vögel sind schon da!
> Roter Lockenkopf hüpft.
> Die schwarze Katze streift.
> Ein schöner Tag für diese Frage:
> Wollen Sie dieses Fenster wirklich schließen?
> Ja!

Sonntag, 24. April um 09:00
»Wollen Sie dieses Fenster wirklich schließen?«
> »Ja!«